滄海叢刊

萍蹤憶語

賴景瑚 著

1977

東大圖書公司印行

行政院新聞局登記證局版臺業字第〇一九七號

中華民國六十六年三月初版

萍蹤憶語

基本定價貳元柒角捌分

著作者 賴景瑚
發行人 莊剛彰
出版者 東大圖書有限公司
總經銷 三民書局股份有限公司
印刷所 東大圖書有限公司
臺北市重慶南路一段六十一號二樓
郵政劃撥一〇七一七五號

萍踪憶語目錄

慷慨悲歌的流風遺韻

——月落烏啼霜滿天　江楓漁火對愁眠
——姑蘇城外寒山寺　夜半鐘聲到客船

這是晚唐時代張繼所吟的一首詩。除了這四句傳誦千古的佳構外，我們對於他的生平知道的不多，也不大看見他的其他作品。

我現在所憶念的不是那個詩人，而是我們這個時代和他同名同姓的，一位出類拔萃，超逸絕塵的開國元勛張溥泉先生。

溥泉先生是凡讀過中國近代史者沒有不知道的。他曾於民國三十六年，應友人之請，用他那揮灑自如的「章草」書法，寫下他那位本家的這首名詩，刻在蘇州寒山寺的石碑上。於是唐代張繼的詩，和現代張繼的字，輝映成趣，相得益彰。

他於詩後又撰了如下的序言：「余夙慕寒山寺勝蹟，頻年往來吳門，迄未一遊。湖帆先生以余名與唐代題楓橋夜泊詩者相同，囑書此詩鐫石。惟余名實取恆久之義，非妄襲詩人也。」

我幼時讀韓愈送董邵南文，深爲他第一句「燕趙古稱多慷慨悲歌之士」所吸引，一生好與燕趙人士交遊；而我所認識的北方好友中，又以溥泉先生堪稱慷慨悲歌的典型人物。是的，他乃赴湯蹈火的勇士，民胞物與的哲人，特立獨行的革命領袖。他的正直剛毅，他的樸實貞誠，他的當仁不讓，見義勇爲，可以說是近世紀不易多見的。

本來，我做小學生的時候，便聽見師長敍述中華民國創業的艱難困苦，和志士仁人斷頭流血，前仆後繼的犧牲奮鬭。我對領袖羣倫的中山先生，當然是五體投地的崇敬。就是我生於斯，長於斯的湖南，也有數不清的革命先烈，値得我的歌頌和膜拜。我進中學不久，便在長沙的學生行列中，參加了黃克強和蔡松坡二先生的國葬典禮。他們都安葬於湘江對岸的嶽麓山。這對我那幼稚的心靈，尤有極深刻的印象。

後來我到美國求學，加入了中山先生所領導的中國國民黨。我回國已在他逝世以後好幾年，常以未親謦欬爲遺憾。我對自己說：「我雖不能見中山先生其人，但深信必能見他耳提面命，仍在繼承遺志的若干信徒。」果然，不到多久，我出乎意外的認識了石瑛先生。他於留學英國時加入同盟會，曾在倫敦和中山先生同住一屋，朝夕不離。他又是中山先生指派爲第一屆中央委員的。

我和石先生前後共事兩次。第一次是我在他所主持的上海兵工廠當工程師。第二次是他做南京市長，我被任爲秘書長。他雖態度嚴肅，不苟言笑，但有時也喜歡對我暢談革命掌故。我在公餘之暇，常聽他講同盟會時代許多可歌可泣的故事。他也介紹我會見了吳稚暉先生和其他若干元老。他參加過國民黨內首倡反共的西山會議。因此，所謂西山會議派的張繼、林森、居正、鄒魯、謝持、覃振諸先生，我都一一領過教。我有一次還開玩笑似的問石先生：「爲甚麼你們西山會議派的人物都好取單名？」

在那許多功在黨國的元老當中，除了石先生和我比較接近，我也對他非常敬佩外，張溥泉先生是最有聲有色，最敢作敢爲，最使我心焉嚮往的一位。他身體魁梧，聲音宏亮，雙目炯炯有光，講話時好用手勢去加強他的語氣，也有很重的河北鄉音。任何人一見了，便知他是直肚腸、急性子的正人君子。

他在同盟會時代就與在日本的保皇黨常常發生爭辯及衝突。有一次，他聽膩了他們的謬論，竟和他們毆鬥起來。我初見溥老的時候，他已在五六十歲之間。可是，他無論是和朋友談話，或在中央黨部開會，每一說到抗日或反共，他必義憤塡膺，一臉脹得通紅；那種滿腔熱忱，攘臂而起的神態，簡直和血氣方剛的少年一樣。

溥老感人至深的一件事，就是民國廿四年，他在南京中央黨部親手捕捉刺客，救了汪精衞一命的驚心動魄那一幕。那時汪氏任行政院長。他在日本軍閥的咄咄逼人之下，不但不與對抗，而且，不顧人民的憤慨和國家的危亡，對敵人不是遇事遷就，便是靦顏屈服。張先生和石先生都是常在中央會議席上痛斥汪氏媚日誤國的。

可是，溥老那天一看見凶手開鎗，汪氏應聲而倒，軍警張皇失措；他就奮不顧身的衝到鎗彈橫飛的地方，把那冒充記者的刺客一手擒拿，不讓他有對汪氏再打第二鎗的機會。他那時只知道救人命，捉兇手，從來沒有想到自己生命的危險或被刺者是不是該死的人。他就是那麼一個忠勇憤發，一往直前的男子漢。

七七事變以後，溥老不斷的奔走南北各地，呼籲團結抗戰。我曾在武漢聽過他演說，又在長沙以省黨部主持人的立場，請他向湖南各界講話。他每次都是激昂慷慨，大聲疾呼的。我有一次得自溥老的印象最深刻，至今事隔三十多年，我仍然記得他當時發言的音容和事後的風度。這是民國三十年在重慶舉行的一次中央全會上發生的。

那正是我國抗戰進入最艱苦的階段。中共利用舉國一致對外的氣氛和藉口，派遣大批共幹到陪都；公開的，有他們的辦事處和新華日報，秘密的，有滲透社會各階層的顛覆份子。各大學既有所謂職業學生從中煽動學潮；各黨政機關復有不少赤色間諜，不是探竊國防秘密，就是從事挑撥離間的陰謀。

中央全會那天正輪到蔣總裁做主席。溥老以爲機不可失，起立痛切陳詞，對於中共破壞抗戰，分化國民黨內部的詭計，揭發的淋漓盡致，全場爲之動容。他甚至說身繫國家安危的中央首長，包括總裁在內，都應對陰險狡惡的中共，特別提高警覺。當日在場的中央委員便有馮玉祥和邵力子那一類的投機政客。我適坐在溥老後的第三排，所以聽得很清楚，也看得很清楚。

日理萬機的蔣先生，平日自然是很少聽見那麼率直，那麼毫不隱諱的言論的。他大概是怕敵人藉口我們內部分裂而造謠，所以聲色俱厲的批評溥老，說他那一篇話，對團結抗戰有不良的影響。當時坐在溥老不遠的林森主席，早已現出十分不安的樣子。但是，溥老神色不變的站起來說：他的發言是根據當前事實的一種直覺，並不是攻擊任何人，或政府的任何政策。他又補充一句：「如果我說錯了，不但總裁可以批評我，就是任何同志也可以指責我。」

當天晚上出席全會的中央委員在嘉陵江畔的嘉陵賓館舉行餐會。蔣先生到得很早。他一進門，就直趨張先生的座位，當着全體中委的前面，滿臉笑容的向張先生表示道歉。張先生握着蔣先生的手，談笑自若，簡直和他那天在會場上發言前後的態度是一樣的。我們在場的沒有一個人不讚佩兩位先生的坦白誠懇。這是團結對外的表現，也是抗戰勝利的先聲。我那天進一步的認識了溥老的人格偉大，和中共的居心叵測。

那時溥老有兩位正在大學年齡的公子，男的名琨，女的名琳。他覺得陪都所在的重慶，常有敵機轟炸，不是青年求學的安全地方。我適在陝西南部的城固，主持一個純粹工科的西北工學院和一個兼具文理法商各院的西北大學。溥老便把他們送到陝南。張琨入西北工學院習土木工程，張琳入西北大學讀外國語文系。溥老一再面託我為他照顧他的兩位公子。我也以能替溥老培育兒女為榮幸。

抗戰時期辦大學，並不是一件容易的事。我除了平日所須注意的定課程，聘教授，嚴明紀律，籌措經費等等而外，還要為自戰區逃亡到後方的學生，獲致政府當局的合作，多方收容及撫慰，不讓那班無家可歸的青年流離失學。我對學生一視同仁，當然不能因任何人的家庭關係，而給予不同的待遇。但對張琨張琳二生，無庸諱言的，曾因溥老的囑託，而不能不多加照顧。這也是人情之常。

張氏兄妹是戰前在法國受過中小學教育的。他們聰明活潑，一點世家子弟的習氣也沒有，都和同學們相處得很好，學業成績也很優越。張琨讀書非常用功，也喜參加體育及其他學生活動。張琳的英法文程度頗佳，而且，愛好文藝，善演話劇。兩人到校一年多，都沒有對我發生任何麻煩。我也心安理得的讓他們過自由自在的大學生活。

民國三十年太平洋戰事爆發。全國軍民繼續抵抗入寇的日軍，並對日德義三個軸心國同時宣戰。西北工學院在城固古路垻的院址，本來是向當地天主堂借用的。當時學生激於愛國熱忱，曾對主持天主堂的義大利主教和神父示威，要把他們驅逐出去。我正在重慶參加教育部的一個會議，忽接代理院務的潘承孝教務長的電報，說以張琨為首的學生反義運動，事態日趨嚴重，促我速歸。

我當時覺得學生愛國情殷，未可厚非；又想到張琨那種反抗現狀的性格，大概是得自乃父革命精神的遺傳。我從重慶回到城固，才知道那個因表示愛國而起的不幸事件，表面上雖已平息，但餘波蕩漾，不但不易解決，而且使我處於左右為難的地位；稍一不愼，就可引起學潮及我和教務長的極大誤會。

潘教務長是一位很負責任而辦事又極認眞的學人。他認爲學生的示威行動是超越常軌的。他爲維持學校紀律計，要把他們的領袖張琨開除學籍。全體學生極不以潘先生的處置爲然；一聽我已回院，立刻聯名請願，要我收回學校開除張琨的成命。我如照潘先生的主張辦理，學生就有罷課的可能。我如接納學生的要求，潘先生便可能向我辭職，甚至會說我討好「要人」，不尊敬他的意見。

我絕對不是由於溥老和我有私交，而不贊成開除張琨的。全院師生早已知道我從來不肯開除學生。我還公開的說過「開除不是教育」的一句話。而且抗戰時期的流亡學生，入學不易，轉學尤難，一被學校開除，就等於逼他走入絕境。所以，我在西北主持兩個大學的七年，每逢學生犯規，總是召見學生，親加訓誡，只要他表示悔悟，我必「記過」了事。我對張琨，自不例外。我於是一面和潘先生懇談，請他不再堅持原議，一面記張琨兩大過，要他親向潘先生認錯並寫悔過書，聲明改過自新。我又在西大、西北二校分別和張琨張琳二生談話，叫他們體諒父母苦心，用功讀書，更要遵守學校規章。

有一次，溥老偕夫人從西安乘自備汽車前往陪都出席中央全會，經過漢中，邀我同車赴渝。那時，川陝公路雖有車輛往來，但路基未加修補，沿途設備又極簡陋，交通至不舒暢。我以飛航停止，開會時間復甚緊逼，有此便車，又得與我所欽遲的元老同行，自覺欣幸。

我在漢中附近的褒城登車，一路和這兩位跟隨中山先生多年的賢伉儷談天說地，三人暢所欲言，不但破除旅途岑寂，而且話甚投機，同感快慰。他們對我講了許多故事，和有關國父生活的若干逸聞。我們斷斷續續的行了一個多星期；其中還因修車，在成都停了兩天。溥老每到一處，必去訪問他的老友。我發現他的那些老友，都曾參加過同盟會的革命。我也因而很幸運的認識了不少隱居四川山林的老鬪士。

以前，我聽過有關溥老「懼內」的傳說。我這次和他們夫婦同車旅遊，並不看見溥老有「懼內」的跡象。他的夫人崔振華女士爽朗痛快，有丈夫氣，我可以想見她當日參加革命那種巾幗鬚眉的神態。溥老對她很尊敬。他對溥老也很體貼。兩人有講有笑，相敬如賓，有時談的高興，無不眉飛色舞，淋漓盡致。我認爲那次旅行是我一生不可多得的一種「享受」。

我後來因積勞成疾，辭去兩個大學的職務，回渝定居，但仍和學校保持相當接觸。我的兩校繼任人到教育部接洽公務，我也盡力協助。我向他們問起張琨和張琳的狀況。他們告訴我：張琳已和一西大同學結婚；張琨自西工退學入川，本擬轉入華西大學，不幸竟在成都市郊因抵抗刼匪而喪命。這眞是一個悲劇，也是對溥老伉儷一個極大的打擊。

勝利還都的前後，我在京渝兩地，都常和溥老夫婦晤談，也常在中央會議席上靜聽溥老對於國事及黨務的意見。他還是老當益壯，慷慨陳詞，振聾發聵。他和過去一樣的喜歡和我們年輕的一輩接近。我們也把他當作快人快語、無話不可對他申訴的一位仁慈的家長。

我怕觸動溥老夫婦的傷感，每次見面，總是避談他們的兒女。可是，張夫人常常提到他們的長女。她是嫁給黃克強先生的一位公子的。溥老從不說他的家事。他不談話則已，一談話必爲國家前途而憂心忡忡。他在還都南京以後，幷不因勝利而樂觀。他認爲如洪水猛獸一樣可怕的共產黨，必爲將來中國的大患。他是不幸而言中的；雖然當時有不少人說他是「杞人憂天」。

民國三十六年的一天早上，我忽然在報紙上，發現溥老因心臟栓塞症，突在京寓逝世的消息，眞如晴天霹靂一樣，震驚不已，悲慟尤深。我不敢相信我幾天前還曾見面交談的長者，竟乃溘然長逝。從此黨喪導師，國損柱石，我失我最尊敬，最佩服的一位忘年交的老友。

溥老歸天已二十七年，我彷彿依然看見他的音容。尤其是他那慷慨悲歌的燕趙精神，可以說是天地正氣之所鍾，我實無時不懷念，不景仰。我深信他那崇高偉大的流風遺韻，一定是在中國歷史上永垂不朽的。

（一九七三、九、十二、紐約）

萍踪憶語

連年遭遇坎坷，常爲病魔所擾，又因遵醫囑，易地養疴；四海飄流，居無定所，如雲遊僧，如吉波賽人。好在我生性好遊，又以兒孫散處各方，除非親往探望，不易團聚；也就不以旅行爲苦。而且，退休後離羣索居，與其成天坐在家裏看書閱報，不如隨時出來走動，似於心身亦不無裨益。

以前，每出遊，老友潘公展兄，必促我爲紐約華美日報「自由神」副刊寫遊記。後來，香港的馬漢嶽兄和臺北的趙君豪兄，也作同樣的請託。我推謝不了。就陸續的寫了好多篇。有一個時候，我不是被人譏爲「多產」作家，就是被人譽爲「現代的徐霞客」。我都有「受寵若驚」之感。

我出版「遊踪心影」和「漫遊散記」以後，覺得遊記寫膩了，正和我照相照膩了一樣，乾脆的都停止了。可是我既仍繼續旅遊，就不能沒有觀感。我記得幼時讀書常作筆記，也常寫日記；事後重閱，不但引起親切的回憶，且有非言可喻的快樂。

暮年難作有系統的筆記或日記，乃開始寫隨筆，不拘體裁，不計文字工拙，可以說是東塗西抹或東拉西扯。我既如隨着滄海升沉的浮萍，便稱這隨筆爲「萍踪憶語」。

居住了二十多年的紐約市

我在紐約市居住了二十多年，無論人家說它怎樣不整潔，怎樣充滿了現代都市的罪惡；我依然對它有好感。我在國內到過的地方，包括「桑梓之邦」的長沙，沒有一個是住過二十年的。不是由於紐約爲世界金融的「首都」，也不是由於它是聯合國所在地的國際中心；我喜悅它，就是因爲我在這裏，可以見四面八方的人物，可以看五光十色的東西，尤其是我能過着自由自在、無拘無束的退休生活。

我在這裏不但觀察世界政治、經濟和文化的動向，而且欣賞一切有文學和藝術價值的事物。我有讀不盡的書報，看不盡的戲劇，聽不盡的音樂，遊不盡的名勝、畫廊和博物院。交通既極便利；生活用費也不如所想像的高昂。

當然，我不否認它的街市是不安靜的；它的犯罪率雖不居全國的首位，但也屬於各大城市的最高數。我這次和它相別年餘再來，又適在市政府大鬧「破產」的時候，自然一般人對它更多不良好的印象。可是我舊地重遊，仍然覺得它和過去一樣的有吸引力。唯一使我傷感的，就是在這短短的一兩年，我失去了稚秋、公展、世澤、鏡澄、粹廉和作民幾位同住紐約的老友。

一城的災害震撼了海內外

上面提到紐約市的「破產」，不能不說是它的災害，也是全世界不常聽見的奇聞。爲甚麼它會破產？爲甚麼它一城一市的災害，會影響到全國及海外？

它「虧空」總在數十億美元以上，連市長都說不出一個確實的數字。我們只看見它裁撤了許多機關和數以萬計的職員。連警察、救火員及清道伕，也有不少人因而失了業。大家都不得不爲市民的安全擔心。

聯邦政府本無救濟州市政府的義務，也不敢開此前例。但是，由於紐約不但是全國金融重心，而且是國際金融樞紐；國會經過長時期的辯論，畢竟通過了三年借貸辦法。那便是紐約市可向華盛頓每年貸款二十三億，直至三年後收支平衡爲止。它便是這樣暫時渡過了難關。

難關渡過了，它的基本問題並沒有解決。它如一個到處伸手討錢的敗家子，卽令受了人家的布施，也還要反省、認錯、改過自新，才不至再蹈覆轍。它過去的毛病，除了各級官員浪費公帑外，就是那永無休止的罷工，和那沒有嚴格限制的福利政策。

罷工的結果，一定是加工資。福利政策漫無限制，一定使救濟經費不斷的增高。紐約市人口八百萬，而靠政府救濟的幾達一百萬。它無論如何富庶，也非「坐吃山崩」不可。美國許多城市，聽說都面對着同樣的財政危機，所以都對紐約市表同情。

也許紐約「破產」的威脅，可以喚醒美國人，使他們轉變政客官僚的理財觀念，也使那班說的天花亂墜的經濟學家，不再蔑視「量入爲出」的粗淺道理。

萬里相逢新大陸的老朋友

先後在美東各地遇見了野聲、立夫、井塘、鑄秋、和鈞、光前、琴五、慶雲、扶雅、豫秀、朝英、崇祜、琅予、贊琴、階升諸老友。異地相逢，倍感親切，我寄居哥倫比亞大學附近的王文華兄家。鑄秋旅邸及朝英住宅相隔甚近，常相過從。井塘常從紐澤西州來紐約，必寓張淵揚兄家，亦離王寓不遠。我偕他同遊哥大校園，參觀東亞圖書館並看李鴻章報聘美國時所種植的槐樹。我還能指出我半世紀前在此校園和桂崇基兄初次晤談的地方。

井塘伉儷精神矍鑠，漫遊歐美名勝，數月不倦；雖已歸心似箭，但爲其充滿孝思及溫情的男女公子所挽留，依依不捨。這眞是天倫之樂和骨肉之愛的流露。他在橫渡太平洋時，吟詩幾首，讀之可以想見二老胸襟的豁達和心情的愉快！

八十老翁携老妻，雲霄萬里並飛馳；
不愁白髮三千丈，暫別紅塵十六時。

百無一是獨高齡，好合行將六十年；
樂爲兒孫同渡海，任憑嬉戲繞尊前。
四百人乘天上船，紛紛俗子斷塵緣；
不知窗外風雲急，萬里逍遙倦卽眠。
下看八表竟同昏，正氣全無亂有源；
幾度問天天不語，欲傾東海洗乾坤。
未驚風雨夜飛行，日出雲消分外明；
莫信世眞臨末日，天留老眼看河淸。

美國種族問題和黑人政客

我由紐約飛一個半小時，就到了所謂「世界的汽車京都」的底特律。我對它有一點不尋常的情感；因我幼年曾在此地學習汽車工程及工廠管理。現又因我愛女韻玫和其夫婿兒女一家住在這裏。我舊地重遊，盤桓了三四週，忽聽見有人稱它是「美國的謀殺京都」。這樣名稱的轉變，不能不說是駭人聽聞。聽說，這不是侮蔑或譏諷，而是有各城市謀殺案的統計數目字做根據的。

由於工廠林立，黑人衆多；居然一位名楊格的黑人被選爲這個美國第五大城的市長。他雖然沒有「了不起」的政聲，但似能盡忠他的職守。另一大城洛杉磯的市長也是黑人。事實上，美國黑白界限儘管嚴、種族問題儘管難解決；黑人的政治活動却一天比一天增加，黑人做政客的也有爭取選民擁護及社會地位的能力。除了各州市都有黑人議員和行政首長外，聯邦政府也有黑人部長、大法官、參議員及衆議員。

我自然爲美國的黑人抬頭而慶幸；同時，我更希望黑人提高他們的教育和生活水準，能和白人站在平等地位，和白人公平競爭。卽以底特律而言，那位楊格市長，至少應以全力減少犯罪的數目，使它恢復過去的光榮。我不是說美國犯罪的一定是黑人。但在美國任何城市，黑人總是佔罪犯的大多數，這是無法否認或掩飾的。

用公曆絶對不是不愛國

我因常在海外旅遊，而平日又特別注重時間觀念；故無論寫信或做文章，總喜用世界通用的公曆。去年回臺灣，忽然感覺到不少人認爲用公曆是不愛祖國或太過西洋化。這是有點出乎我的意料的。

公曆雖以耶穌誕生之年爲起點，但久已成爲全球公認的計時標準，逐漸失掉了宗教的意義。由於它的普遍性及持久性，世界上任何角落的人民，無不把它當作自己的日曆；大家也覺得這是最方便不過的東西。一切外交上及商業上的往來交接，只因大家用此公曆，才發生共同的利害及法律關係。做學問的人，無論是屬於人文的或科學的，也是用公曆比較合理而有意義。遠的不說，即以近如清代而言，如講一件事發生在康熙或乾隆年間，不如乾脆的指出公曆歲月的記載，還可使人得一時代的觀念。

孔子生於公曆紀元前五五一年，歿於紀元前四七九年。我們一看便知他享壽七十二歲。他的誕辰和現在相隔二千五百二十六年。如果我們要講孔子生在春秋時代的魯國，那時魯國的君王是誰，他的年號是甚麼；不但許多人一時弄不清，而且算不出他的時代究竟和我們相隔多少年。

有人以爲毛共竊據中國大陸，擅將國號改變；我們如不隨時寫出中華民國第幾年，就是不愛祖國，甚至還有一點親毛或赤化的嫌疑。這是不正確不合理的觀點。我想凡是用公曆的人都不願承受那個罪名的。

一部頗有一讀價值的野史

在一友人宅小住，偶在他的書架上發現一部「汪政權的開場與收場」。它是敍述抗戰時汪精衞在南京組織僞政府的形形色色。作者金雄白（筆名朱子家）是周佛海手下的紅人，也是勝利後被政府逮捕，而且服過幾年徒刑的所謂「文化漢奸」。

他所講的當然是一套爲汪周諸人辯護的「漢奸理論」。由於他戰前做過多年新聞記者，他能用報導新聞的口吻和作小說筆記的筆法，寫出洋洋數十萬言，繪影繪聲，有條有理的一部野史；不但記載相當翔實，而且立論也還算持平合理，不能不說是有一點歷史意義的。

汪政權從在南京成立僞組織到它最後崩潰爲止，前後五年四個月十一天（一九四〇年三月三十日至一九四五年八月十日）。無論我們怎樣不以汪氏那一班人爲然，總不能抹煞那一段史實。況且，那時除了敵僞各種醜象外，還有許多愛國志士犧牲奮鬪的掌故；我如不讀金氏這書，幾乎不知道那些可歌可泣的事和那些可敬可佩的人。

由於我親身經歷抗戰的艱難困苦，又和當時的風雲人物都有接觸；我讀此書以後，深爲汪周諸人「一失足成千古恨」而惋惜，復對日寇的侵略及其種種暴行深惡痛絕；而毛共爲虎作倀，趁火打刼，使同胞陷入赤色恐怖的深淵，尤足令人髮指。

此書雖對日寇的狡惡橫蠻，盡情暴露，但早被日人翻譯而成爲日本的暢銷書。我們似亦應有容許此書流行的雅量。

（一九七五、十一、卅、紐約）

索忍尼辛與「和解」的陶醉

索忍尼辛，那位二十世紀文壇的巨星，那位敢向克里姆林挑戰的鬪士，歷盡了蘇俄一再囚禁的痛苦和萬里跋涉的辛勞，來到了這個所有被奴役國家及受共禍威脅者所仰望的美國；滿以爲它能給予他讚揚和歡迎，以及它對全世界爲民主自由而犧牲奮鬪者一點鼓勵。

可是，他已出乎意料的大失所望了！因爲他雖被美國勞工領袖閔尼邀往全國勞工大會講演，但他竟被美國官方所冷落，甚至可以說是被藐視。福特總統平日可以隨時接見體育健將或歌舞名星，此次却不肯和索氏同時出席全國總工會的宴會，也不肯同意兩位參議員的建議，去接待這位名聞全球、誓死反共的大作家。

當然，除了美國的勞工團體外，他還受到文教界、新聞界，和一切反共人士的重視。國會也有請他做榮譽公民的正式決議案。然而，代表全國人民的總統，竟對他如此不禮貌，如此使人難忍受。他自然情見乎詞的表示不愉快。當他偕夫人在林肯紀念廳向那偉大的「解放者」致敬的時候，他對記者們說：「這是我們人類爭自由的一個極重要的地方」。

有人問他對白宮那種態度有甚麼反應，他輕鬆的微笑，並叫他的傳譯員對記者們說：「他和夫人正在欣賞華盛頓的美景，也想對這京都多熟悉一點。他們爲甚麼要想到白宮這個題目呢？」白宮發言人雖有「總統工作繁忙」的官方解釋，但不諱言福特聽從了國家安全會議的意見，而認爲他此時若和索氏晤談，必將影響美蘇二國和解政策的進行。（此文脫稿後忽聞福特因受輿論指摘，改變態度，表示願和索氏相見。）

國家安全會議的要角不是別人，而是身兼國務卿要職的季辛吉。我們因而知道這個足智多謀的政客，並沒有因美國在東南亞的慘敗，而改變他對共產國家的和解政策。事實上，他還是演奏他那親蘇聯毛的「狂想曲」；雖然美國和蘇俄的裁減軍備和限制戰略武器的談判，仍然是毫無結果的經常會商，雖然中東的以阿紛爭和石油危機，仍然是由於蘇俄的挑撥離間，看不出合理解決的端倪。

相反的，福特正準備月內到芬蘭去參加蘇俄所發動的歐洲安全合作會議。美國的太空人，和蘇俄的太空人，也正在舉行共同探險太空的聯合飛行。美國還要再把大批糧食賣給蘇俄，以補足蘇俄本年農業的歉收。美國眞可稱爲富足、大方，而又能捨身救人的國家。它連自己的福利和安全，都可爲討好蘇俄而不顧。它怎能顧到索氏一個文弱書生的呼籲。

季辛吉不但不是愚人，而且他還自作聰明的，以爲他能周旋俄毛之間，憑藉它們的矛盾，造成它們和美國的鼎足而三；然後，美國便可運用蘇俄去制止毛共的坐大，也可運用毛共去對付蘇俄的擴張。美國就是這樣，不必冒核戰的危險，而能坐收漁人之利。這種一廂情願的想法，誰也知道「其愚」不可及也。他反如服了迷幻藥一般，一直不知醒悟。東南亞慘敗雖已證明了他政策的破產，但他依然堅決進行和解，一意孤行到底。這眞是美國的不幸，更是自由世界的不幸。

我爲甚麼說這是自由世界的不幸呢？因爲，無論就國力言或就地緣政治言，美國都是唯一可與獨裁暴政對抗的西方國家，也是可以民主制度和自由傳統去領導羣倫的超級強權。它若長此不醒不悟，一錯再錯，它一國因此而衰弱，固足使人惋惜；但若整個自由世界也因它的失敗而崩潰，人類便會沉淪於萬刼不復之境。那才是亙古未有的大悲哀。

因此，我們和索氏一樣，站在旁邊頓足慨歎；並不單爲一個朋友的不爭氣而傷心，而是爲自身的生存，爲自由世界的生存，而惶惑迷惘，而憂心忡忡。你怪季辛吉不應該是這樣做嗎？他上有福特總統的言聽計從，下有不少人民的盲目景仰，尤其是他能得到自由份子的大力支持。故在西貢向北越投降的時候，雖有幾個參議員公開要求他引咎辭職，但他旣置之不理，福特復重申他對季氏的信任。現在也沒有人再提這事了，而他也就這樣一直做下去。

我們記得高棉南越相繼淪亡，寮國逐漸赤化的時候，好多人都以爲美國遭受了那麼厲害的打擊和侮辱，不會重做和解的迷夢，而再對共產國家存幻想了。後來，泰國對美國駐軍下逐客令；

非律賓也要收回非島的美軍基地。金日成政權更咄咄逼人的要在東北亞發動新韓戰。這一切，不啻是對美國直接挑釁，至少也是等於打美國人的耳光。我們眞要替美國說一聲「是可忍孰不可忍！」

然而，美國畢竟容忍了；畢竟還是迷信「談判代替對抗」的「和解」，可以使美國避免戰禍，苟安一時；也可以使俄毛火併，而讓美國隔岸觀火。季氏未免低估了國際共產黨的智慧。美國人直爽天眞，從來不會想到兩個奉行馬列主義的殘暴政權，可能做成圈套，對世人大唱雙簧，也可能隨時棄嫌修好，分而復合。這種自以爲是彈性外交而實乃「作繭自縛」的策略，怎能不叫索忍尼辛看了氣得頭上直冒火。

索忍尼辛對美國人說：「我向你們作見證。我可以告訴你們一個巨龍裏面赤燄燃燒着的腸胃是甚麼樣子；因爲我是從那裏面逃出來的。」他又說：「如果你們是愛好自由的；那末，你們爲甚麼要幫助那班剝削我們自由的劊子手？當他們在埋葬我們的時候，請你們不要把挖泥土的鐵鏟送給他們。」他所說的「我們」是俄國的反共志士，「巨龍」是蘇俄，剝削者是克里姆林羣魔。這是如何的痛心疾首之言！

他大聲疾呼的叫美國不可被蘇俄所欺騙，尤其不可上它所謂「和解」的惡當。他說：「我不懂爲甚麼西方國家始終不明瞭共產主義的性質。你們難道不曉得蘇俄和它遍及全球的共產伙伴的最終目的，就是要毀滅民主自由的社會嗎？」他又對美國人說：「你們以爲侈談和解就可獲致安全。這是癡人說夢。你們和蘇俄較量，你們在世界上早已成爲少數。你們沒有一點安全的保障。」

索氏苦口婆心，還怕美國人印象不深，所以他不嫌煩瑣的再說：「你們相信和解的宣傳，所以削減你們的軍備，削減你們國防研究的預算。可是蘇俄甚麼也沒有削減。它的核彈比你們多。它的雷達比你們強。它和你們所舉行的核器談判，不過是和你們開玩笑，拖時間而已。你們爲甚麼永遠不覺悟呢？」

他到美國不久就在紐約時報發表「三次大戰的大敗者」一文，認爲西方國家這若干年對蘇俄一再退讓，委曲求全，就是想要避免三次大戰。實則三次大戰在雅爾達會議時就開始，到今年南越投降時卽告結束。這個三次大戰的總結算：蘇俄所領導的國際共產黨打了大勝仗，自由世界乃爲最大的失敗者。他列擧蘇俄在它本土及其東歐附庸的攫奪和收穫，以及毛共在中國大陸的叛亂和佔領，都是可以用被侵略國家及被奴役人口的數目字來計算的。

索氏講到自由世界，他更悲觀。他說：不但亞非國家，或被征服，或被分割，或在赤色恐怖下顫慄；就是西歐本身的昔日所謂帝國主義者。現亦在共黨內外夾攻下搖搖欲墜，朝不保夕。東西勝敗之局，早已形成。今日就看西方認輸以後，如何防止四次大戰的來臨。這是何等驚心動魄之言。

這位大節不奪，嫉惡如仇的哲人，的確在季辛吉所製造的似乎是平靜的「和解」水面上，掀起了一連串的漣漪，使那被「和解」所痲醉的人心，忽然震盪一下，也醒覺一下。可是，美國的政治氣氛，畏戰心理和苟安傾向，依然具有極大的力量。加以它國民性那麼健忘而善變，恐怕事過境遷，索氏的金石良言，一會兒就被束之高閣，至多是有心人在反共文章上引證一下而已。

照今日政治行情看，季辛吉會再做一年多的國務卿，也會「我行我素」的繼續執行他的和解政策，繼續和俄毛兩方極盡聯絡拉攏的能事。福特既已宣佈他要競選連任總統，他必在這「選舉年」，一仍舊貫的推行他一年來的外交政策，也就是尼克森所流傳下來的季辛吉政策。福特是沒有多大雄心而又自承對外交是外行的，一切非依賴季氏不可：尤其是近六七年美國外交都是季氏一手包辦，只有他才找得到來龍去脈。

他在國務院一向獨斷獨行，不讓屬員分層負責，也不許他們參加決策。福特恃他爲左右手，甚於以前的尼克森。他既爲副總統洛克斐勒所提拔，更能在福洛之間左右逢源，得心應手。無論福特一九七六能否連選連任，今後一年多的美國外交，除非中東或歐洲發生不可逆料的重大變化，必將繼續爲季氏所掌握。季氏亦必繼續推行「談判代替對抗」的和解政策。

福特既不會動搖他對季氏的倚畀，那末美國所謂保守主義的力量，能不能在明年十一月選舉一個可以改變「和解」政策的總統呢？民主黨的華萊斯和共和黨的雷根，都是以保守主義爲號召的。他們也躍躍欲試的想做下屆總統候選人。然而，他們都被自由份子目爲違反時代潮流的守舊派，也不受勞工界及青少年的歡迎。他們能否被兩黨推爲候選人尚不可知；若要被全國人選爲總統，更不是很容易的事。

如果這一年國際上不發生牽動世局的重大問題，國內的經濟狀況又可繼續好轉，而兩黨又找不出一個聲望和信用都能壓倒福特的總統候選人；那末，福特可能步杜魯門的後塵，再演一次一九四八意外勝利的奇蹟。這是蠡測，不是預言。美國人心浮動，政治也跟着變幻莫測。這一切，還要看人類的命運是不是否極泰來。我們唯有禱祝上蒼賜福美國，領導它走進正軌，不再受魔鬼的誘惑。這也就是賜福全世界。

（一九七五、七、十二、紐約）

季辛吉這個人

季辛吉這個用心深刻、手法新奇，早已是美國個個都知道的猶太學人；現因做國務卿，既調解了中東新戰爭，復到北平作了第六次的訪問，又成爲全世界熱門新聞的風雲人物。

無論你對他個人好惡如何，無論他對人類的將來，是禍是福，你不能不承認他在這短短的五年，不但澈底改變了尼克森總統和美國的外交政策；而且更易了美國人的政治觀念，轉移了整個世界的政治形勢。

討厭他的人，駡他是投機取巧的大政客。佩服他的人、說他創造了一個新時代；還有人叫它爲季辛吉時代。他卽令今天突然失勢或死亡了，他對這個時代，甚至對下一個世紀，仍然有不可磨滅的深遠影響；儘管那影響可能是極其惡劣的。因爲他那巧言如簧的和平理論，和不擇手段的縱橫策略，已經造成一個是非顚倒，友敵不分，可以使親痛而仇快的局面，也不能不說是二十世紀一種天翻地覆的演變。

當然，我們在這個階段，雖已看出他這五年來所促致的世界危機，但還不願很武斷的說他註定了全盤失敗的命運。可是，他自認為得意傑作的越南停戰，除了讓美軍棄甲曳兵，退出南越外，並沒有把和平帶給東南亞。相反的，南越始終在兵慌馬亂中過日子；北越於停戰後還向南越開進了數達十萬的正規部隊。高棉和寮國復因治絲愈棼，已呈逐漸淪亡的現象。印度支那地區的全部赤化，恐怕只是時間問題而已。

他最近所調解的中東新戰爭，雖在表面上達成以色列和阿拉伯國家的停火，但雙方仇恨更甚，歧見更深，以方既挾四戰四捷的餘威，不肯和敵人妥協；阿方復有蘇俄做後盾和石油做武器，永遠不向戰勝者低頭。由石油杯葛所引起的能源危機，已使西方國家及日本，不得不改變它們對中東問題的態度，也使美國不敢因袒護以色列而再開罪阿拉伯國家。

他只求自己功成名就，並不管事的是非和人的毀譽。一個歐洲小國的駐美使節，因和季氏有哈佛同學的關係，一再求見這位白宮新貴而不可得。他有一天在美京蘇俄使館的鷄尾酒會遇見了季氏，便說：「你現在好像連對老朋友都找不出時間會面啊！」季氏立刻回答他說：「這就是我成功的秘訣」。

這句話似乎是他的戲言，但實乃他的人生哲學。他不但隨時放棄老的朋友，而且可以和過去的敵人合作，也可以乾脆的加入敵人的陣營；他還可以從他自己的弱點製造出自己的力量。我們如證以他那充滿矛盾的生活，和他一生所經歷的奇特變化，可以相信他的這句戲言，的確是他成功的秘訣。

當他一九三八年從德國逃到美國的時候，他還是十幾歲的小孩。他因受過納粹黨的迫害，所以在街上一見有青年從對面走來，他就向相反的方向逃避。但他六年以後，便以美國佔領軍的士兵資格，居然起用舊納粹黨的暗探，去幫助他很順利的管理了一個德國小城市。他那時就已表現了他的手腕和才能。

他退伍返美，深感自己學問不夠，乃進哈佛大學讀歷史，又研究康德和黑格爾的哲學。他學業完成以後寫了幾本有關外交問題的書，遂得參加外交關係協會的工作，復利用那協會的關係，去干求華盛頓的政要，最後夤緣而成爲紐約州長洛克斐勒的一名屬員。

尼克森一九六八年競選總統成功，洛氏介紹季氏和尼氏談國際外交及天下大勢。他所講的梅特涅式縱橫捭闔的策略，大得尼氏的讚賞。他便是那樣跟進白宮，做了尼氏的國家安全顧問，也就成了這五年來在國際上興風作浪，而復爲尼氏言聽計從的謀臣策士。

從去年夏天到現在，尼克森爲水門事件所困擾。他的聲望受到了史無前例的嚴重打擊。他的最親信的僚屬，不是被迫下臺，就是受審訊或判刑罰。他自己也始終擺脫不了那個事件的糾纏。可是，季辛吉由於只問外交，不管內政的關係，居然是尼氏左右所剩下來的唯一明星。尼氏既經常以他外交成就爲炫耀，季辛吉自然便是他的最後一張王牌。

他於是任命季辛吉爲國務卿。這是尼氏對外對內，兼籌並顧的技巧，也是季氏玩政治，弄外交所得到的最高報酬。他是美國歷史上第一個外僑入籍而又有猶太血統的人，達到聯邦內閣裏這麼顯赫的地位。他又在這個時候，獲得了諾貝爾世界和平獎金，儘管有人說那獎金是對世界和平的諷刺，但以他個人而言，仍然不得不說是錦上添花，喜上加喜。

季辛吉這幾年獻給尼克森，而又爲尼氏全盤採納的外交策略，最主要的，也最反常的，莫過於他使美國由反共變爲親共，把團結盟國變爲分散盟國。他的「尼克森主義」和「談判代替敵對」，就是犧牲正義人道的原則，解除美國對自由世界的責任和義務，想要和滿身血腥的赤魔平分天下，求得苟延殘喘的僞裝和平。

他所慣用的「和平的結構」和「這一世紀的和平」那一套動人的術語，早已催眠了喜安逸而怕戰爭的美國人，也解除了他們自衞和防赤的武裝。他幾乎和國際共產黨一唱一和的，倡導「鬆弛國際緊張局勢」的所謂「和解」Detente。亞洲盟國的利益，固已被他一一斷送了。就是象徵西方團結的北約組織和共同市場，也因而精神渙散，離心離德，一天一天走向他們的絕境。

一般人認爲他這幾年做得有聲有色的，便是雙管齊下的聯蘇制毛和親毛抗蘇。大家眞的相信他把美國和蘇毛兩方構成三角對峙的形態，便已由三強勢力的平衡，促致世界和平的保障。這樣自欺欺人的自我陶醉，當然是十分危險的。而且，國際共產黨雖然內部有相互間的磨擦，但是對於他們認爲共同敵人的民主國家，就非合力加以摧毁不可。他們統治本國的方法不一定相同，可是他們赤化世界、奴役人類的野心，可以說是完全一致。這是蘇俄和毛共從來沒有否定過的。

季辛吉以猶裔美人，去處理以色列和阿拉伯國家永遠糾纏不清的紛擾；這是他的大難題，也是對他才能和政策的大挑戰。他自身捲入了漩渦，不但要對國際外交有辦法，而且要和國內政治相配合。他的性格，他的職務，以及他和尼克森的關係，沒有一樣不是很重要、也很微妙的。他雖爲出奇制勝的縱橫家，但他並不希冀奇蹟的突然產生。他曾強調「一個人能力的限度」，並說，任何人不能要求全部願望的完成。

他給外交一個新的定義。那就是「約束權力的藝術」。他以歷史家的興趣，研究梅特涅、俾斯麥和戴高樂的爲人，認爲他們是肯犧牲國內的自由權益，去求得國際上的安定的。他自承他有建立世界新秩序的抱負；又說，他爲要達成那個目標，可以放棄若干原則。他一直覺得國際裁軍和國際和協，實在比軍力競賽更重要。他在那部使他成名的著作「核子武器和外交政策」，便主張那些最新的武器，應該變爲適應外交需要的戰略軍備。

在另一本「一個世界的復元——拿破崙後的歐洲和革命時期的保守政治」，他說「和平的建立，遠不如和平的願望那麼容易。歷史並不以復仇的意識，去完成人類的願望。在歷史上，追求和平最力的時期，常常得不到安寧；凡對和平不過事追求的，反能過太平的日子。因此，世界的安定，不是來自和平的追求，而是來自一個共同認識所產生的合法的信約。」

這個有見解，有計謀的政客，遇見了野心勃勃、多才善變的尼克森，眞是如魚得水，相得益彰。他充分的運用尼氏的權力，叫他一面擴張軍備，建立反飛彈系統，復不顧輿論的反對，支援南越、密炸高棉，使蘇俄和北越都知道美國有不怕使用武力的決心；一面在裁軍會議上，又以實力和蘇俄作攤牌式的談判，更用美毛妥協的聲勢，去壓迫蘇俄對美國作各方面的讓步。

他既打進了毛共的竹幕，又與布里玆涅夫搭起美蘇談判的橋樑，復和黎德壽商妥了越南停戰協定。他和布、黎、毛、周那一類殺人不眨眼的共酋，都可以「稱兄道弟」的有交往，談問題，好像建立了一種季辛吉個人外交的接觸網。我們可以罵他無原則而不擇手段。但是，一般淺見的美國人，早已把他當作不世出的奇才了。

在他一心和共產國家打交道的時候，他依然目光四射，回過頭又和西歐各國及日本商談貿易、金融和有關北約組織的各種問題。他首倡新大西洋憲章，又叫出「歐洲年」的口號。他就是要盡量減少自由世界對他勾結國際共產黨的疑忌；儘管那許多民主國家都是對美國極端不滿的。

昔爲窮困書生，今能揚眉吐氣；他的得意忘形，自然是人之常情。他對人說：「我在白宮那麼久，今日才知道國務卿地位的崇高。」他又說：「這是一個可使和平結晶的難得機會。這幾年，俄毛領導階層都會有變動。西德和日本也都會以新的姿態出現。我願和列強一一保持友好關係，等到我辦夠了交涉，便有一個制度化而能靈活運用的外交系統，否則就可導致不堪設想的紊亂。」

他一就職，便到聯合國發表呼籲和平的講演；又在紐約大宴一百多國的外交使節。那個如晴天霹靂一樣的中東新戰爭，的確對他是一大打擊，也使他慌亂了一大陣。他先到莫斯科和布里茲涅夫商得中東和平方案，又在聯合國通過以阿停火的決議。他除在美京和以阿當局一再會談外，又親赴中東幾個首都和北平東京等地，作十二天的閃電式訪問；總算制止了中東戰事的擴大。

在那新戰爭開始的時候，蘇俄毫無忌憚的偏袒阿方，並以大量軍火接濟埃及和敍利亞。季氏一面要尼氏繼續援救以色列，一面警告蘇俄不可甘冒美蘇直接衝突的危險。可是，無論美國輿論如何斥責蘇俄應負挑起中東戰火的責任，他始終堅持「和解」的原則，不讓中東糾紛破壞美蘇的合作，而使兩個超權走近戰爭的邊緣。最後，蘇俄因以國轉敗爲勝而軟化。季氏又獲得了一次外交上的「成功」。

當然，講成功，現在還嫌太早一點；一定要以阿雙方開始直接談判，而談判又能使阿方滿足收回若干失地的要求，才可以算得中東問題的適當解決，才可以解除因阿方杯葛政策而引起的石油恐慌。美國正是朝着這個方向，積極進行中東問題的調解。季氏並已暗示：只要以國退還所佔領的阿方土地，不但阿方可以承認以國，而且美國也願意和它締結保障以國安全的條約。

季氏要在國際外交上有成就，必先獲得國內各方面的支持。他深知國會和輿論界都對尼氏無好感。他既分別拜訪兩院的重要議員，又保證他可隨時到外交委員會供證。他對新聞記者和國務院的職業外交家，以及民間外交政策的組織及一般社會名流，無不極盡聯絡拉攏的能事。他在政治圈的聲威，早已超過了他的老闆尼克森；儘管有很多人不喜歡他那講現實不講道德的態度，和一味討好國際共產黨的作風。可是，他的精力如此充沛，心思如此細密，手腕如此靈活，仍然有不少人相信他會創造更多的奇蹟。這一切，只有等候時間去答覆。

（一九七三、十一、廿二、紐約）

動亂時代的動亂青年

這幾年，美國的大學到處鬧學潮。任何一個題目，都可以用作學潮的藉口。我常在報紙上和電視上，看見學生遊行示威，叫口號、貼標語、和警察或學校當局發生衝突。前幾天，在我鄰近的哥倫比亞大學，我不知不覺的親自「參加」了一個學潮；我不但跑進聲勢洶洶的學生羣衆裏，而且還在那些羣衆擠來擠去的時候，聽見他們嬉笑怒罵的高談濶論。

那是一個帶點諷刺意味的偶然機會。我接受了哥倫比亞大學校長和圖書館主任的邀請，去參與一個相當隆重的贈書典禮。我走進了校園，經過一批衣冠不整，鬚髮滿頭的學生，剛到校長辦公室門前，就有一個神色張皇的警察跑過來對我說：「對不起！典禮已經取消，因爲校長室被學生搗毀了。」我才知道這個擧世聞名的學府，居然發生了空前嚴重的大學潮。

這個學潮的起因，是學校正在附近空地建造一座體育館，而那空地適臨哈林黑人區的公園。一部份學生便說這是種族歧視，硬指學校侵犯黑人權益，強迫當局停工。他們不由分說的佔據了校園裏五幢大樓，扣留了教務長等三個職員，而且搗毀校長室之後，還在窗上高懸「解放區」的字招。學校雖請了市府警察的保護，又停止了體育館的建築，但學生依然不肯罷休，依然提出許多條件，並要求當局保證決不懲罰學生。全校停課了一個多星期，最後還是學校當局請了一千名警察，把那些赤化學生攆出去。學校的威信，師長的尊嚴，可以說是掃地無餘。

當我幼年在美國求學的時候，從來沒有聽見那個大學鬧學潮。我所接觸的學生，幾乎全是一心向學，力求上進的好青年。我那時對於美國大學的優良學風和讀書風氣，以及學生刻苦耐勞，認眞求學的精神，旣羨慕、又敬佩；我方從常鬧學潮的中國到來，更覺得自己有點慚愧。

時間相隔不過三四十年，想不到美國的大學教育，竟不幸完全變了質。我不是說它的程度降低了。相反的，它的目標、規模、課程標準、研究範圍、以及它對學術和文化的貢獻，都有一日千里的進步。可是學生的心理、氣質、志趣、和生活方式，却和以前大不相同了。他們的宗教信仰動搖。他們的愛國精神消失。他們對自身、對社會、對國家、好像都失去了自信心和責任感。

主持大學教育的人，每每不是抱有高尚理想的學者或教育家。有的是下臺的政客。有的和現實的政治或工商業分不開。有的受了左派的包圍，只想討好學生，爭以前進份子自命。一般大學的教育方針，僅以灌輸知識爲主題；至於做人的道理，服務的精神，立身處世的原則，救人救國的理想，好像和大學敎育沒有什麼關係。

美國對民主自由的過度重視，已使青年失却老一輩人的明智的指示，也不能引導他們走上人生的正軌。他們正如迷路的羔羊一樣，隨波逐流，橫衝亂撞。雖也有一部份人僥倖達成事業上的成功，但是也有很多人受命運的支配，消沉的消沉，失敗的失敗。

他們在這個動亂的時代，一心只要變，只要新奇，只要尋刺激；既不知道傳統道德的重要，也沒有辨別是非黑白的能力。別國的青年生活多困苦，也找不着工作。美國的青年，反因就業機會太容易，有的只講功利主義，一切以金錢爲轉移；有的自甘墮落，或則蓬頭垢面，玩世不恭，或則吸白麵、販毒品，甚至奸淫盜竊，無所不爲。

再加上這若干年來共產黨和同路人對美國青年的誘騙，正如火上加油一樣，更使他們急燥衝動，亂喊亂叫，無法無天。這班居心叵測的人，在言論自由的掩護下，用各種不同的花言巧語，一面迎合青年的心理，叫他們反越戰、逃兵役、撕徵兵證，一面鼓動他們背叛祖國，爲敵人作第五縱隊，還稱頌他們是走在時代前面的進步份子。這與大陸淪陷前的中國，如出一轍；可惜美國人不去細讀中國的歷史。

青年學潮的動亂，並不限於美國一國，其他國家也同樣有學潮，不過沒有美國這麼普遍，這麼嚴重。和中國隔得很近的日本、南韓、南越、馬來亞、新加坡，近年都曾發生過學生糾紛。有的很快就順利解決了。有的甚至引起政潮或外交上的紛擾。李承晚和吳廷琰的兩個政府，便是這樣直接間接的推翻了。

以英國那麼有秩序的社會，居然發生學生圍困內閣閣員的怪劇。以西班牙那麼注重嚴格訓練的政權，也不能制止學生的罷課和示威。西德是一個戰後復興最快而人民也最講紀律的國家，亦常有學生的互相毆鬪或與軍警衝突。義大利、土耳其、北歐、中南美，這許多地區，幾乎沒有一國不報導學生的騷動。

這些國家的學潮，大部份是左翼份子所煽動。有的竟是國際共產黨處心積慮的策劃，和明目張膽的指使。美國和日本便是屬於這一類的。但是，埃及自去夏被以色列擊敗以後，左派和右派的學生，幾乎聯合一致，反對他們認爲喪權辱國的納塞政權。這個性質奇特的學生運動的組成份子，一半是共產黨及同路人，一半是極右傾的回教兄弟會。

你如果說：各處的學潮完全由左派一手包辦；這不但不很公允，也與事實不符。我們只要看看近年鐵幕內的學生騷動情形，便知道學潮早已透過了鐵幕，而且發生了很大的作用。那個自稱領導共產世界的蘇俄，雖以暴力統治了半世紀，但是近年也常有青年羣衆要求言論自由的運動。由於鐵幕新聞的封鎖，我們得不到詳盡的消息。可是我們知道很多作家被拘捕，若干刋物被消毀。尤其是史達林女兒的出亡、李維諾夫長孫的控訴，更代表了俄國青年爭民主、爭自由的普遍而又強烈的呼聲。

捷克這三四月來的政治大轉變、一面旣把親蘇的政客，一個一個打倒，一面又高唱「社會主義民主化」的口號。這一切，無不發源於捷克青年的不斷的要求。使那班當權的共黨份子，不得不改變作風，不得不容許民主形態的存在，否則便無法鞏固他們的政權。這樣的青年運動，立刻便在其他共產國家內發生傳染及蔓延的影響。

波蘭這半年來十分澎湃的政潮，乃是起因於一部反俄戲劇的禁演。這是由華沙學生所發動，不到幾個星期，便由華沙傳播到各大城市，幾乎釀成一個反俄又反共的革命。波蘭共產黨着了慌。蘇俄也認爲事態的嚴重，可能牽涉到波蘭至東德的軍事聯防。波酋戈默卡乃不得不把「罪惡」推在猶太人身上，用強力把這風潮鎮壓下去。可是這種被學生點燃的民族意識是絕對不能長期鎮壓得住的。

毋庸諱言的我們在二十世紀經過兩次大戰和無數次小戰，再加上科學和物質的突飛猛進，我們便由原子時代走進太空時代，我們同時也走進了一個充滿矛盾的動亂時代。青年學生血氣方剛，活力正強，而又經驗缺乏，知識幼稚，平日早已看不慣這些矛盾，一經他人煽動，或受情感刺激，便可激起猛烈的言論或暴亂的行爲。

現在的成年人；過去都曾經過這樣的一個階段，應該知道這是生理和心理的自然趨勢，而是不能以強力遏止的。成年人如能對青年因勢利導，或青年自己產生自修自省的克制功夫，那麼青年這種傾向，不但不會爲害社會，還可發揚光大，促成偉大的事業或重要的發明。歷史上多少政治家、軍事家、以及在學術上文藝上有特殊貢獻的人，他們的成功，都是在二三十歲的青年時代。

所以，我們對於年輕一代的煩悶與徬徨，不但不可苛責青年，而應加以了解與同情。如果青年走入歧途了，我們與其怪青年胡作亂爲，不如怪成年人未盡領導的責任，對下一代沒有交代。中國大陸的喪失。我便是這樣看法。現在美國重蹈中國的覆轍，我還是痛責美國成年人的短視低能和未盡職責。

我國自五四運動開始，學生運動就成了家喻戶曉的名詞，也成爲若干年來一種社會的力量和政治的工具。西方人以前不問我們學生運動的動機是好是壞，一概認爲那是落後國家政治不上軌道的反映。後來我們看見共產黨把學生當工具，利用學生運動去危害國家，去奪取政權，也覺得西方人所說的，未嘗沒有一點道理。

事實上，遠在五四運動以前，歷史上就常有讀書人組黨上書，過問朝政的故事。就是近代史上的戊戌政變和辛亥革命，都是由於讀書人救國禦侮的熱忱。我們以前很單純，只要消極的報仇雪恥、積極的富國強兵。許多人參加中山先生所倡導的革命，也就是要建立一個民治、民有、民享的現代國家。

等到共產主義輸進了中國，等到蘇俄派人組織了中國共產黨，我們便遭受了萬刼不復的災害。許多純潔的青年，便成了時代的犠牲品。他們有的被共產黨謀殺。有的成爲失掉靈魂的傀儡。還有一部份深受馬列主義的痲醉，變成出賣祖國的洪水猛獸。現在大陸同胞陷入這樣水深火熱的地獄，我們這一代的人，都是國家民族的罪人。

不但中國如此，就是以整個世界來言，這半世紀以來，多少有天才、有抱負、有能力的青年，由於上面所說的那些現象，死亡的死亡、墮落的墮落。首先把青年當工具的，莫過於以史達林爲首惡的共產黨。希特勒和墨索里尼，東施效顰，也以納粹或法西斯爲號召，組織衝鋒隊和黑衫黨一類的騙局。這兩三年來的大陸紅衛兵，更是變本加厲，不知犧牲了多少中國青年。這是毛澤東數不淸的罪惡中，最不可饒恕的罪惡。

我看見一般青年的熱烈的情感和一往直前的冒險精神，實在很喜悅，也很羨慕。同時，我看見他們那麼天眞無邪，那麼容易被共產黨牽着鼻子瞎走，心裏既憤慨，又爲他們憐惜。美國大學生的物質環境以及他們所享受的自由空氣和教育機會，可以說全世界「絕無僅有」。他們偏不滿意他們的祖國，偏要嚮往那滅絕人性的共產主義。而在共產國家裏的青年，不要說一切客觀條件不能和美國比，就是要最低限度的言論自由思想自由亦不可得。他們朝夕所祈求的，正是西方的民主自由的生活方式。

我常常發奇想，想要建議美國政府或甚麼基金之類的組織，公開徵募那班反對美國政府，痛駡資本主義的青年，把他們乾脆的送進鐵幕以內，再把那些鐵幕內渴望自由的青年交換出來，享受民主生活。那不是各得其所，各遂所願，從此天下可以太平了嗎？

這當然是憤激之言，也是事實上做不到的。可是，青年的危機那麼多，陷阱那麼可怕，我們年長一點的人，不可隔岸觀火，坐視不救，應該對下一代負起道德的責任；尤其是國際共產黨無時無刻不以青年爲對象，我們更應警惕全世界的青年，絕對不可被「馬列」宣傳所麻醉，走上共產主義的死路。

美國是最富強，最能對抗共產集團的國家，也被共黨認爲世界革命的最大敵人。所以，對美國青年的誘惑和爭取，乃爲今日國際共產黨的核心工作。美國青年大多數是坦白眞誠的一類，同時又是很容易受欺騙，很容易相信巧妙宣傳的。他們如果不幸被共產黨奪去了。那麼，美國的立國基礎就根本動搖了。

我一看見那班磨拳擦掌，怒容滿面，高呼「反越戰，反詹森」口號的左派學生，以及那另一極端的，男女不分，奇裝怪服，沒有廉恥觀念的頽廢青年，我便知道共產黨滲透了美國社會，而美國所患的病症實在不算太輕了。也許我是大陸喪失後的驚弓之鳥；但是我實在爲美國的前途作杞人之憂。

美國一向是很自信也很自傲的。美國人又過於迷信自己的民主自由、和豐衣足食的生活方式。上月一百廿五個城市的黑人暴動、白宮已受威脅，首都已入戰爭狀況。他們事後輕描淡寫的說那只是種族間的誤會。現在哥倫比亞大學的學潮、學生掛紅旗、懸馬列照片、佔據校舍、侮辱師長、把學校變成戰場。他們依然不肯說那是共產黨的作祟。他們那種裝癡裝聾的態度，那種諱疾忌醫的作風，眞不愧泱泱大國的風度。可是請問這如何對美國青年交代？又如何使外國人不問：「美國如不能維持本國的安寧、秩序、與法律尊嚴，怎能領導自由世界去和國際共產黨對抗？」

（一九六八、五、一、紐約）

教授的微言

中國共產黨乘中國人八年抗日的疲憊，奪取了中國大陸的政權。這不但是中國數千年歷史的大悲劇，也是二十世紀影響全世界的大變亂。

這樣一件大事，而且發生在這個時代，我們很少人能夠說出中國共產黨勾引外國力量，背叛中華民國的來龍去脈。中國歷史家雖然也有若干紀錄，但是大多數都是不太正確的東鱗西爪。外國出版界受了國際共產黨的宣傳，更是不可思議的歪曲事實，顚倒是非。

就在這個時候，我們居然得到桂崇基著「The Kuomintang-Communist Struggle In China 1922-1949」（中文譯本中華書局出版沈世平譯，「中國國民黨與中國共產黨」）一部富有歷史意義的新書。這實在是彌足珍貴的空谷足音。

著者桂崇基教授是潛心學術的政治學家，又是國共兩黨初期離合演變的實際參加者。他現在很客觀的以董狐之筆，寫出這部敍述明晰，記載翔實、立論謹嚴、評斷公正的好書，旣爲對世界歷史的一個重要文獻，復可澄清這個動亂時期的國際視聽。

那一九二二到一九四九前後二十七年多的演變，尤其是中國共產黨的發軔，和中國國民黨的聯俄容共，一般人不是記憶有點模糊，便是認識不夠明瞭，就是學術界有時亦難例外。胡適之先生於大陸淪亡後來美，我和他在紐約見面，他對國事慨歎之餘，便發牢騷似的對我說：「中國今日的赤禍，全是國民黨所引起的。如果當年中山先生不聯俄容共，中國大陸怎麼會被共產黨所吞噬！」

我了解他的憤懣的情緒，但不能同意他那近乎武斷的結論。我雖不願和他爭辯，但也很坦直的對他表示我的意見。我說：「共產主義是這個時代的毒癌。任何國家，包括富強康樂的美國，都不能避免它的災害。除了中國以外，這些國家並無中山先生其人，也沒有聯俄容共那個因素」。

桂先生在他那本書裏，便很扼要的告訴我們，爲甚麼中山先生要採用聯俄容共的政策。當第一次世界大戰結束的時候，中國外受列強的欺凌，內遭軍閥的割據。他自己侷促廣東一隅，還要被陳烱明等所迫害。那時，英日美三國的勢力，都和中國政治有密切關聯。他要謀中國的統一，就想要在外交上打開一條新出路，至少要尋求英日美三方面的協助與合作。

不幸，正如桂先生所言，中山先生「各種努力、滿懷熱望，均被拒於千里之外」。蘇俄就在那個時候乘機而入。它先後派馬林和越飛往謁中山先生，建議「國共合併」，但立刻爲他所拒絕。他們又建議共產黨員加入國民黨，共同致力國民革命，實行三民主義。他在原則上同意，但只允許共產黨員以個人資格加入國民黨。

中山先生不是因爲要得俄援而聯俄，也不是因爲要利用共黨而容共。他說過：「中國只能有國民黨，不能更有共產黨。惟欲消滅共產黨，必包容而感化之，俾融合於三民主義。」桂先生說的一點也不錯：「中山先生秉性寬大，誠以接物，恕以待人」。他從來沒有想到蘇俄和中共是感化不了的。

事實上，居心叵測的第三國際，早就要以世界革命做幌子，去進行赤色帝國主義的侵略。蘇俄於一九二〇宣布廢除帝俄和中國訂立的不平等條約，放棄中東鐵路，退出外蒙。後來事實證明，他們所講的那些話，沒有一句不是騙人的。可是，那一套甜言密語，當時居然把不少中國人痲醉。年輕的人更莫名其妙的把它當作中國唯一的朋友。

列寧認定赤化世界，必要先赤化中國。他也說過「北京是到巴黎的捷徑」。一九二一年中國共產黨成立，一切自然都照俄共的計劃去進行。就是經費及指導人員也都是從蘇俄來的。中國共產黨實際上是第三國際的駐華支部，也可以說是它用盧布收買的一羣漢奸而已。

中共最初成立的時候，並不把無拳無勇的國民黨當作交納的對象。它首先派李大釗去聯絡北方軍閥吳佩孚，後來又派陳獨秀去拉攏南方強人陳炯明。它不久和北吳鬧翻，又因南陳在政治上失勢，乃改弦更張，去包圍中山先生，去向國民黨做功夫。

桂書分析第三國際對外侵略的策略有三：其一、別動隊的做法；凡軍閥、官僚、財閥、販毒大王，都是爭取的對象；其二、黨員滲入社團或政黨，再進一步的分化與篡奪；其三、擴大本身力量，奪取政權。它在中國三樣同時並進。陳獨秀和周佛海討論「共產黨加入國民黨的作用」，有一句話最透澈：「在國民黨內掌握黨權、操縱黨務、製造黨論、煽動黨員，使國民黨漸漸變爲共產黨」。

我們從桂書所蒐集的資料一看，便知中山先生雖因志切救國而聯俄容共，但並沒有放棄國民黨的立場和三民主義的原則。如果不是他死的那麼早，我們相信他一發現共黨的篡奪陰謀，一定是第一個主張清黨和分共的。在他逝世前後，國民黨的領袖人物，除汪精衞等曾被共黨一度利用外，都已洞燭第三國際的企圖和中共的陰險毒辣，都不肯讓中國跟着蘇俄走，更不容許國民黨變成共產黨。

最後國民黨忍無可忍，爲自救、爲救國，不得不下清黨分共的決心。共產黨既爲人民所唾棄，乃在南昌、海陸豐、廣州、湖南各地作困獸之鬪的暴動；嗣從西南流竄到西北，復作流寇式的刼掠和燒殺。凡他們足跡所到的省份，沒有一處不是血流成河、田舍爲墟。政府弔民伐罪，到處圍剿，本已獲致顯著的成功，不幸竟因日本侵華而功敗垂成。

中共在暴亂和流竄中，始終和第三國際通聲氣。第三國際亦始終控制中共的行動。中共在陝北停留下來，就是想北對外蒙、西對新疆、打通他們和蘇俄的國際路線。莫斯科因爲歐洲正在多事之秋，而延安又相隔那麼遙遠，乃利用美國的共產黨和左傾官員到中國，替蘇俄做聯繫工作，又把中共描寫成爲農村改革運動者，去騙美國的執政當局，去影響全世界的輿論。

日本軍閥的侵華，引起中國的全面抗戰。窮途末路的共產黨，立刻假借「一致對外」的口號，運用俄共和美共的巧妙宣傳，竟把我國淸除叛逆的內政問題，變成牽涉到蘇俄和美國的國際問題。桂書所特別提出的西安事變，便是那個時期的一個重要轉捩點，可惜所言稍嫌簡略，也有點過於含蓄，大概是作者不願意多談從那時到現在的風雲人物。

事實上，那個事變，不但影響當時中日關係和抗戰前後的種種演變，而且充分證明中共一切受蘇俄的指使和支配，也證明史達林已開始在東亞劇變中，扮演一個舉足輕重的角色。中國政府那時以張學良去對付陝北，已經是在用人上太欠考慮；又讓他和楊虎城勾結陝北，組成張楊共三角聯盟，更不能不說是一個大疏忽。

最能和桂書對照的，莫過於張國燾氏在香港出版的「我的回憶」第二十篇第一章。他把西安事變中延安羣魔反應和決策的親身經歷，描寫得相當切實，也相當生動。我們讀桂張二書，可得同一結論。那就是（一）政府當時雖被左派誣爲不抗日但實際上早已對日積極備戰，（二）中共正因政府抗戰而未被國軍消滅，（三）中共反利用抗戰去破壞團結，去背叛國家，（四）史達林比中共聰明厲害，而有獨到的眼光，（五）蘇俄的政策，挽回了西安危機，也瓦解了張楊共的三角聯盟。這些，都是桂書所透露的一點重要史料的秘密。

我們八年苦戰，雖得勝利的結束，可是，在那八年當中，我們一面以血肉抗拒強敵，一面還要對付爲虎作倀，阻撓抗戰的中共。我們因得美國援助而提前了我們的勝利。我們也正因得美國的援助，而受到制裁中共的種種掣肘，竟至喪失勝利的成果，最後促致中共的坐大和大陸的沉淪。

桂先生把勝利前後的國共商談，尤其是美國調停及政治協商的那段親痛仇快的經過，敍述得很詳盡，很有條理。他對馬歇爾、赫爾利和司徒雷登等的苦心孤詣，深致慨歎。他對美共及親共的美國官員，如戴維斯、謝偉思和史廸威爾等，更是義正詞嚴的口誅筆伐。我們一看便知中國因被人出賣而作重大的犧牲。美國也因自己的失策，而造成中國大陸淪陷，及韓戰越戰的悲劇。

今日亞洲這個悲慘的局面，以及整個世界的危險狀況，都是從中國大陸淪陷那個時候開始。國際共產黨既不會停止它的侵略和永恆的革命；自由世界復因美國的衰退和洩氣，而失去了重心。來日大難，方興未艾。我們今後是否長期黑暗，或可重見光明，全看我們何去何從；因爲我們的命運實在是掌握在我們自己的手中。

我們中國人爲自救、爲救人、都應該把自己所親歷的痛苦經驗，去喚醒全世界的人類，大家起來，合力消除比洪水猛獸還更可怕的赤禍。這是我們的道德的義務，和神聖的使命。我們不能將大陸淪亡的責任，全部推給蘇俄、美國和中共。我們自身除了在政治上、軍事上和經濟上，所犯的種種錯誤外，我們連在國際宣傳上，都沒有把中共背叛國家、塗炭生靈的萬般罪惡，讓全世界有一個澈底的了解和認識；甚至對中共誣衊我們的宣傳，也沒有辯護及反攻的能力。

也許我們不喜歡「宣傳」這個名詞。可是，事實勝於雄辯；我們連事實都沒有向國際說個明白、講個清楚。像桂先生這位學者，單就那二十七年國共鬪爭的一段史實，便絞盡了若干年的心血，到處訪問，到處奔走，到處蒐集資料，寫成這部「一字一句，必有來歷，本末源流，交代清楚」，（引用譯者序言）的一部好書。他不但是學術界的有心人，而且替國家切實做了最重要的國際宣傳工作。

這也給我們的政府一個啓示。因爲，這一類的工作，實在應該由政府聚精費神，出錢出力，動員中外學術界，去推進，去發展，去擴大研究的範圍，去增多宣傳的效力。桂先生已經盡了個人最大的努力。我對那書除讚頌而外，不能增減一詞。如仍容許我有「一得之愚」的貢獻，那麼，我便覺得那書還可從提綱挈領，從言簡意賅，再進一步，把所包含的八章發揚光大，每一章都可增加更多的新資料，充實內容，加強論斷，使每一章成爲一部可供專家研究，也可供一般人閱讀的專書。我希望桂先生和政府當局都注意到這一點。

（一九七二、四、十五、紐約）

史達林的女兒

我前後寫了兩篇有關史維蓮娜的文章。這位史達林的女兒，不但歷盡千辛萬苦，由蘇俄逃到美國，而且公開斥責她父親的專橫和克里姆林宮的黑暗；她便成了一位反抗暴政，追求自由的傳奇人物。我把我的第一篇文章「史維蓮娜的新著作」和第二篇文章「史維蓮娜的羅曼史」，同時收入這部散文集，就用「史達林的女兒」作一總題。

(甲) 史維蓮娜的新著作

「我要放棄蘇俄的國籍，我很喜歡美國，也願意做美國公民」。這幾句話，如果是一個普通俄國人說的，一點也不奇怪，若係出自史達林的女兒，這便變成了十分動聽的新聞。

兩年半前因投奔自由而由蘇來美的史維蓮娜，自出版了那本轟動世界的「寫給一個朋友的二十封信」以後，一直住在離紐約不遠的普林斯頓城。她不見記者，不發表談話，也沒有社交活動。她希望別人不對她注意，大家也幾乎把她遺忘了。

她最近完成了第二本書「只一年」，定於九月卅日出版。她忽然到紐約招待新聞界，又在國家廣播公司參加電視的質詢。上面所引的幾句話，就是她在電視上所講的。她那充分表現滿足神態的笑容，她那清晰明朗的聲音，和她對自己父親及對共產獨裁的嚴正的批評，乃又再度引起一般人的濃厚興趣。

有人說她第一本書主觀太強，成見太深；而她把史達林的罪惡，推到貝利亞身上，也與歷史事實不符合。她的這部新著作，便是要彌補那些缺陷。在這本書裏，她敍述她怎樣在一九六六年十二月十九日從莫斯科護送她印度丈夫的骨灰到新德里，以及她自那時起的一年當中，怎樣到駐印美國大使館請求政治庇護，怎樣經過義大利和瑞士而飛到美國定居。

同時，她在這本書內，不但很生動的描寫克里姆林宮的陰沉殘酷，和她得到自由後對於美國生活方式的喜悅和欣賞；而且，她毫無保留的反對共產獨裁，讚頌自由民主，申斥這半世紀來的蘇俄人物。以她和史達林的父女關係，以她逃出地獄，重獲自由的種種經驗，不論這本書的文學價值是怎麼樣，它和它的作者，已經在現代歷史上，佔據了一個很重要的地位。

史維蓮娜認定共產主義是虛僞、欺騙、滅絕人性的東西；俄國人民是善良的，愛好自由的。她說：如果俄國人在五十多年前所發動的民主運動，不遭受共產革命的破壞和摧毀，那麼，俄國也和西方國家一樣的，走上了民主軌道，建立了民主政治。

她叫大家相信俄國在一九一七以前的若干年，便已孕育了民主的蓓蕾。那個時期可以說是俄國有史以來最自由最有創造性的年代。文學和藝術都在欣欣向榮。政治的理論和政治的行動也充滿了蓬蓬勃勃的自由思想的種籽。一九一七年的共產革命，便把這些種籽連根拔盡，而造成了俄國的大悲劇。

這半世紀來的俄國，實在是被一羣惡漢所統治。由於共產主義的邪惡，由於獨裁專政的凶橫，這羣惡漢又互相爭鬪，互相殘殺，互相暴露自己的醜惡。俄國人民既沒有反抗暴政的能力，整個世界復繼續不斷的受到這班惡漢的威脅。這是最使史維蓮娜感慨萬分的。

當她初到美國的時候，雖然已對共黨獨裁那一套，表示了深惡痛絕的立場；可是她對史達林，仍然在她的口中和筆下，保留一點女兒對父親的骨肉之情。這一次，她寫這本新書，她的態度完全變了。她義正詞嚴的斥責他的專橫殘暴。她說：「他在一九三〇年代不知屠殺了多少萬千的俄國人。他那時的健康很好，頭腦也很清楚。他還可以算是一個最傑出的政客」。

她又說：「他知道人民不滿意他的政府，黨裏面也到處發現叛亂的迹象。他懷疑他的仇敵要謀害他。所以他先下手爲強，早一步把他們謀害了。他並不是瘋子；只是極端殘忍而已。他要把所有反對他的人全部消滅。他完全明白他所幹的是什麼。」

第二次世界大戰以後，他在清黨進行中，又屠殺了不少他的同志。她說：「那些清黨的屠殺，尤其是所謂列寧格勒事件，許多重要的黨部首領，包括吉丹諾夫所領導的那一羣人，都被他一一處死。他那時是完全生活在猜忌和狂妄的空氣中。他顯然是一個病人。我不敢說他已變成瘋子，因爲我不太明白猜疑、迫害和瘋癲的區別。我只知道他對那些人一懷疑，就非把他們剷除不可。」

她也替她的父親說一句公道話。她說：「今日蘇俄的一切，並不是從我的父親開始。許多人以爲他發明了那個制度——獨裁、偵探、秘密警察。這不是事實。他不是發明，只是從列寧一點一滴的繼承下來。列寧才是始作俑者；因爲列寧堅決主張一黨專政，而且絕對不容許其他政黨或任何歧異意見的存在。」

到現在，俄國人還不知道這些事的來龍去脈。他們依然崇信所謂列寧的理想，而把共產主義所產生的一切罪惡，都不分皂白的算在史達林的帳上。史維蓮娜認爲那是不公平而且與歷史事實不符的。

她說，列寧是罪大惡極的創始人，因爲他所建立的那一整套，除非全部推翻，是不容易加以改變或修正的。他的繼承人史達林以及從史達林到現在的克里姆林宮主人，只有照着列寧所指示的原理原則，亦步亦趨的抄襲。如果不是這樣做，那個專制獨裁的體系，便沒有繼續存在的可能性。

有人問她對現在克里姆林宮的當權派有甚麼印象和批評。她認爲那個所謂黨的理論家蘇斯洛夫，是一個幕後的強人，也是詭計多端的壞人；赫魯雪夫便是中了他的暗算而坍臺的。他雖然官位不高，名聲不大，但是他實在是舉足輕重的一等要角。她說赫魯雪夫的確有意一反史達林的作風；可惜他的知識太欠缺，力量也不夠堅強，所以他敵不過蘇氏的陰謀。

她說：現在表面上掌握蘇俄政權的布里兹涅夫和柯錫金，都是沒有才華和想像力的庸人，不會有任何具體的建樹。米高揚是一個聰明絕頂的不倒翁。克里姆林宮若干年來的所有壞事，他都是積極參加的一份子。他能生存到現在，便是他個人成功的明證。

還有已經下了臺的莫洛托夫和馬林可夫；她對他們都沒有甚麼嚴酷的批判。她只說莫氏夫婦都是擁護史達林的死硬派。他們至今仍然認爲史達林死亡以來，沒有一樣事是看得順眼的。他們還在留戀蘇俄的過去。馬氏是一個比較有敎養的人；他自被赫魯雪夫打倒以後，從不向人乞憐，也不敢發一句怨言。

史維蓮娜認定共產主義，乃集一切邪惡的大成，而她的父親又是專制獨裁的暴君。她以母姓艾里洛伊華 Alliluyeva 爲己姓，就足表現她對父親的厭惡。她固然是澈底覺悟了；大家要想知道的，就是俄國人民關在鐵幕已過半世紀，難道還是整天受那些虛僞宣傳的痲醉嗎？

她說，俄國人民，尤其是有知識的青年，如果有她同等的機會，看一看鐵幕以外的眞相，一定都會和她一樣的唾棄違反人性的共產主義，傾向西方國家的民主自由。蘇俄的統治階級、陰險、專橫、笨拙、官僚化，沒有生氣和活力，只知道用暴力去鎮壓人民。現在和赫魯雪夫時代相比，更是每況而愈下。她在離開莫斯科以前，便知道有思想的人對於現狀的不滿，已經達到忍無可忍的境界。

有人問她爲甚麼自由世界的左傾份子，包括享受自由權利最廣泛的美國青年，居然有不少人還把共產主義當作一種追求的理想；甚至把蘇俄當作烏托邦般的人間樂土。她說：她也不懂爲什麼世界上還有人不願做自由人，而想作鐵幕內的奴隸。她認爲那類人如果不是違背良心，抹殺眞理，便是以耳代目，自欺欺人。這是他們的愚蠢，也是時代的悲哀。

她覺得她第一本書所描寫的史達林，其深度、其歷史的透視，都和她所期望的相差得很遠。她否認她這兩年多，對於史達林和蘇俄的一切，有甚麼新的認識，或得了新的資料。但是她感到現在她可以自由自在的觀察和思想了。她說：「我一下決心不回蘇俄，我的心理、我的精神，便立刻解放了；整個的氣氛也隨着改變了。我不必再呼吸那種絕對不合理而又自相矛盾的蘇俄空氣。我更進一步的知道了我的父親，更客觀的明瞭了蘇俄。」

眞的，她把許多錯綜複雜的事實——她的家庭、她的朋友、她和她父親在克里姆林宮同渡的歲月，她離開蘇俄以後的經歷，她在美國的愉快生活和感想——都蒐羅在那本新書內。它的文筆的清楚，分析的詳明，觀察的精湛，批評的公正，都可以給予讀者清新而深入的印象。

她目前沒有再寫其他新書的計劃。她說：「我要繼續生活下去，才可以寫作得多一點」。她今後要多讀書、多學習、多遊歷、多做慈善事業。她對美國的民主傳統和自由空氣，幾乎是五體投地的欽佩和接受。她雖然絕對不再回蘇俄，但很思念她留在蘇俄的兩個兒女。

這樣一位不平凡的人物，寫了兩本這樣不尋常的書籍，可以說是對人類一個很大的貢獻；因爲她已經對史達林的凶橫、蘇俄制度的殘暴、和共產主義的邪惡，作了一個最確實、最深刻、最扣人心弦的公平定讞。

（一九六九、九、二六、紐約）

（乙）史維蓮娜的羅曼史

史達林女兒史維蓮娜，這位三年前經過印度出奔美國的新聞人物，現在因爲突然和一個美國建築師宣佈結婚，而又再度成爲轟動世界的新聞人物。

她貌僅中姿，年齡也已四十四歲，雖曾出版過兩本書，但並未顯出特殊的文學天才。她之所以一再成爲新聞人物，正是因爲她是專制魔王的女兒，而又有無比的勇氣，公開申斥父親的邪惡，毫無保留的唾棄蘇俄的共產主義和獨裁暴政。

這位命途坎坷的女人，在那慘無人道的蘇俄制度下，很悲痛的度過了她半生。她親眼看見她父親那種殺人不眨眼的凶橫殘忍，又親身經歷了克里姆林宮那種充滿了陰謀、爭鬪和殺戮的黑暗生活。她居然能夠看出共產黨和共產主義的罪惡，而又能夠突破一切非言語所可形容的困難，跳出了鐵幕深垂的樊籬，爭得了新大陸的自由空氣。這不能不說是奇人也是奇事。

她一到美國就先後發表了「寫給一個朋友的二十封信」和「只一年」。這兩本書雖然不是甚麼了不起的文學作品，可是，因爲她是史達林的女兒，她復在這兩本書內盡量暴露她父親的滅絕人性、和蘇俄制度的暗無天日，她便是這樣給予共產黨和共產主義一個公平、深刻、而又嚴厲的定讞。這是她對人類對民主自由一個偉大的貢獻。

這三年來，她在美國享受的言論自由、行動自由和思想自由，眞可以說是取之不盡，用之不竭。這是她在蘇俄做夢也想不到的。但是，一個由鐵幕走進美國社會的流亡者，每每因爲過去太不自由而反覺得現在太自由的不方便、不習慣。史維蓮娜雖曾堅決的表示她對美國生活方式的喜悅，然而，她也一樣的深感枷鎖和解放的差異，一樣的懷有孤獨及徬徨的心情。

她是有血肉，有情感的中年人，自然不能過那離羣索居的生活。而她在美國所認識的新朋友，又有習俗上和語言上的隔膜。她思念她的兒女。她對那些共過患難的親友也始終念念不忘。一個像她那樣心身健康而又多愁善感的女人，她的精神的空虛和心靈的寂寞，我們應該是可以想像得到的。

去年一個蘇俄文化訪問團到美國。一個團員單獨的去訪問史維蓮娜。他勸她以後勿再寫批評蘇俄的書籍，也不可再攻擊蘇俄的當權人。他雖說他並未負有政府的使命，但是他所說的顯然是帶有威脅意味的警告。他最後還問她今後有無在美結婚的可能。他們談話，沒有第三人參與，自然無人知道她當時如何作答覆。但是，她事後曾把那次訪問的經過很坦白的送交美國報紙發表。

美國的生活方式，是各自工作，各自活動，誰也不管誰的閒事的。大家對於史維蓮娜雖曾一度表示濃厚的興趣和同情，但自她卜居普林斯頓以後，她表示她不好社交，不喜應酬，也不願隨意發表談話。大家除偶然在報紙上看見她的消息外，差不多忘記了她的存在。可是，和她比較接近的人，都知道她的生活是單調而無變化的。就是有人覺得她應該找個終身伴侶，也不易替她物色一個情投意合的對象。

大約四星期以前，這位獨居美東海濱的少婦，忽然飛到數千哩外的美西阿里桑拉州，和一位素昧平生而已鰥居多年的彼得斯，一見鍾情。這一對怨女曠夫，會面不到兩週，便由閃電戀愛而閃電結婚，這正適應了中國「千里良緣一線牽」的老話。而他們結婚所在地的斐尼克斯 Phoenix 中文可譯爲「鳳凰」，我們更覺得別有風味。新聞記者要問他們結合的原因。史氏乾脆的說：「因爲我愛上了他」。彼氏在旁邊立刻插一句：「她說得比我要說的更好更透澈」。

當這一雙中年男女正在卿卿我我，燕爾新婚的時候，大家才發現他們的良緣並不是甚麼「佳偶天成」的巧合，而是經過一段紅娘牽線的蘭因絜果。這一個很動人的故事，說起來，簡直好像一部中國舊小說。

美國近半世紀來，曾出過一位名聞世界的大建築師賴特 Frank Lloyd Wright。他對建築工程的貢獻，一向是爲學術界所公認的。今天這位做新郎的彼得斯，便是賴特生前的副手，死後賴特基金會的負責人。他曾和賴特的長女結婚；不幸他的夫人和幼子同在一九四六年一次車禍中罹難。他就變成一個憂鬱、悲哀、絕口不再談婚娶的獨身者。

賴特的次女伊阿凡娜最近讀了史維蓮娜新書「只一年」，十分欽佩史氏的勇敢，也同情史氏的遭遇。她想起她的亡姊不但和史氏同名，而且同樣重情感而有偏向藝術的愛好。她便去函邀請史氏到她阿里桑拉州的沙漠別墅小住。這不過是四星期以前的事。

史維蓮娜一到了那個富麗堂皇而又滿佈熱帶花草的別墅，她的嫻靜的態度和幽雅的談吐，立刻獲得賴氏全家的愛慕和傾倒。而其中愛慕最深，傾倒最甚的，就是那位鰥居二十四年，現已五十八歲的彼得斯。伊阿凡娜便成爲不必多費拉攏功夫的紅娘。這位紅娘事後也承認她函邀史維蓮娜的時候，就已存心想替姊夫撮作這個不平凡的婚事。

他們認識不過十多天，即由互訴衷曲的階段，達到心心相印的高潮。彼得斯迫不及待的主張立刻舉行婚禮。史維蓮娜說：「請不要太性急！我有數目字的迷信。一生七字對我最有利，我們等到四月七日結婚吧！」四月七日那天，賴特夫人（彼得斯的老岳母）的華廈，便成了這一對情侶的喜堂。

在那婚禮進行中，有人問新娘初遇新郎的印象。她說：「他好像是一個滿腹心事的憂鬱者。你看，他現在一點也不憂鬱了！」。那位新郎的歡愉的面容，爽朗的笑聲和輕快的步伐，證明新娘的觀察很正確。新娘，不必說，更是充分表現了她心滿意足的快樂。

他們現在就卜居於賴特基金會所在地的阿里桑拉。彼得斯在那裏辦了一個建築學院，又經營一個建築公司。夏天一到，他們就準備移居維斯康辛州的綠泉避暑。這幾天，美國各報都在第一版刊登他們結婚的新聞和照片。一位身高六呎四吋的新郎，和一位重作小鳥依人姿態的新娘，很能引起一般人好奇的心理和喜悅的情緒。大家禱祝他們永恆享受這個本來不太容易聯繫而竟如此順利結合的美滿姻緣。

從史維蓮娜出亡到現在，蘇俄一直視她為眼中釘。它既不能把她捉回俄國去，又無法封閉她的嘴巴。她這次找到安身立命的歸宿，大家都為她慶幸。蘇俄却如蛇蠍一般的對她放出滿含毒素的中傷。它不能發佈譴責史氏的文告，所以它就利用她的兒女，作為它的宣傳工具。

她以前正式結婚兩次，現有一個二十五歲的兒子，做醫生，一個二十歲的女兒，讀數學。他們仍然住在她的莫斯科寓所。她兩次離婚以後，曾和一個姓申的印度人同居。她因申氏死亡，護送屍灰到印度，就是那樣一去不復返蘇俄。這次她在美國結婚的消息一到莫斯科，她的兒子就對蘇俄記者說：「母親結婚已有五六次。這次再結婚，一點也不足奇怪。我曾對母親說過，她結婚次數太多，今後應該可以停止了。」可是西方記者都沒有見過這個公子，想要打電話和他接觸也不可能。

這就等於蘇俄當局間接告訴全世界史維蓮娜是一個不守婦道，隨便可與他人亂交的女人，連她的兒女都覺得她風流過度，實在不配做他們的母親。這便是蘇俄想要破壞她的名譽，摧毀她的人格的毒計。這也反證蘇俄對付史維蓮娜已經到了黔驢技窮的絕境。

自由世界也許不太明瞭史維蓮娜的功績、價值和重要性。她實在是自由世界抵抗蘇俄侵略，反對共產暴政的一張王牌。她和史達林的關係，她顛沛流離的經歷、她投奔自由的勇氣、她發刊兩部反共著作的貢獻，這一切，都是自由世界申討克里姆林宮萬般罪惡最有效率、最有力量的武器。我們誠懇的希望她在重獲家庭幸福以後，再接再厲的作自由世界的前鋒，爲人類清除共產主義的禍害。

（一九七〇、四、十、紐約）

哀緬甸

緬甸，這個位於中國西南的鄰邦，不但在歷史上和我們有千多年的關係，而且當太平洋戰事發生以後，我們還修築了一條滇緬公路，復在那裏和美英盟軍並肩作戰，去打擊那時破壞東亞和平的日本帝國主義者。

大戰結束，我們一方面爲緬甸爭回獨立而慶幸，一方面爲它內部變亂相尋而憂慮。想不到，它在重重患難中依然健在，而我們却遭逢了大陸沉淪的空前浩刼。緬甸和我們的邦交，也就因此而每況愈下。

若干年來，在國際共產主義的威脅利誘之下，緬甸的政要高呼中立主義的口號。他們和印度的尼赫魯、埃及的納塞、和南斯拉夫的狄托，一唱一和，儼然變成東西兩方中間的所謂不結盟國家。

、他們為要加強中立主義的色彩，既和共產集團故示親密，又與西方國家不卽不離。他們骨子裏未嘗不想獲得美國的經濟援助，表面上偏偏要做出「拒絕援助」或「滿不在乎」的樣子。他們對於自由中國的不友好，在他們，這是政治的現實主義；在我們，這是可怕的「落井下石」。當然，我們不能一味怪人家，只可以說自己不爭氣，才有今天這個悲慘的局面。人家利用我們的苦難，去滿足他們的私慾，這自然是一幕悲劇。但是我們要負這悲劇的責任。我們若本於中國傳統的忠恕之道，為他們設身處地一想，也未嘗不可以消除自己一點憤懣之氣。

緬甸東北邊區緊接我國的雲南。中共部隊如果長驅直入，緬人恐怕不會有任何抵抗的能力。中共卽令不作軍事的侵略，也可以使用政治的滲透和顚覆。再加上它內部民族衆多，意見紛歧，他們常常興兵作亂，弄得政府東征西討，疲於奔命。在這樣的危險狀況下，緬共隨時可以和中共裏應外合，到處挑撥情感，製造糾紛，企圖達成奪取政權的最終目的。

這便是緬甸情況的縮影，十多年來沒有多少改進。宇努總理過去所用的綏靖政策已經完全失敗了。現在溫尼將軍的軍事獨裁，是不是可以挽回緬甸的厄運呢？

世界上除了緬甸以外，恐怕沒有一個國家的少數民族，可以自養軍隊，自成政治單位，而且天天和中央政府鬧分離運動。若干年來，緬甸感到很頭痛的，就是這個少數民族問題。

在那些少數民族中，撣邦最大，也和中國關係最密切。它佔地五萬六千方哩，人口一百五六十萬。它以前是中國的領土，屬雲南省的騰越道。一八八四年，滿淸承認英國併呑緬甸，一八九一年，又對英國割讓撣邦。英國始終把緬甸和撣邦分兩個地區去統治。

二次大戰結束，緬甸宣佈獨立，撣邦加入聯邦。憲法上明白規定撣邦土司保有世襲權利。一九五三年政府突然宣佈收回土司政權，當時就激動了撣族的反抗。土司以武裝拒絕接收。這就是撣邦叛亂的開始，一直到今天沒有解決。

還有一支以種族優秀著稱的喀倫，他們從英治時代到現在，都受良好的教育。大多數懂英國語文，篤信基督教。表面上，他們所一再要求的，是高度的自治。事實上，他們並不以自治爲滿足，而是要與緬甸分離，自成獨立政權。

此外，還有幾個人口比較少一點的民族，如吉仁、克欽、卡瓦、若開、蒙族、欽族等。他們一致向政府要求自治，並且主張採用美國聯邦制度。政府如果不答應，他們就乾脆的要宣佈獨立。

緬共當然企圖利用這些矛盾，去挑撥民族惡感，破壞政府威信。但是，那些要求自治的少數民族，不一定盲目的跟着緬共走，有的還因爲深知中共在雲南所行的暴政，而表示堅決的反共態度。

如果有人要問那些少數民族的國際背景，那麼，只可以說他們脫不了中國歷史的和血統的關係。克欽和雲南西康兩省接壤，英治前，本來屬於我國。撣族和雲南廣西的僮人，是同一個來源，和泰國人差不多。

緬甸國防軍只有十多萬人，除保持國內安寧及戍守國防線外，實在沒有力量去和那班少數民族去作戰。再加上國防軍內，就有吉仁、克欽、撣族各兵團，政府更不敢隨意調動他們。緬甸要敉平叛亂，要挽救國家的分裂，今後就要看尼溫將軍的手段、作風、和決心了。

緬甸雖然以中立主義爲號召，雖然盡力聯絡蘇聯，拉攏中共，可是它所面對着的最大困難，表面上是少數民族的叛亂，實際上是共產主義的威脅。

過去，那班緬共是有正式軍隊的。他們好幾次用軍事的力量，逼迫風雨飄搖的政府，曾使首都仰光和曼德勒的交通爲之中斷。最後，總算政府軍爭氣，把他們擊潰了。一部份共軍向北逃亡，至今仍受中共的保護。

我們的雲南和緬甸接壤，長達四五百哩。有的地方，公路暢通，交通便利，有的還是一片不毛之地。中共如果派軍長驅直入，緬甸恐怕不容易作有效的抵抗。這正是緬甸當局不能不高唱中立主義的苦衷。

少數民族問題，錯綜複雜，斷非一二語所能分析。現在我要說的，就是這個問題和共黨問題分不開。唯恐天下不亂的緬共，無時不在運用他們的陰謀詭計，去煽惑民族的叛亂，去挑撥政府和各民族間的惡感。

爲了這兩個有關生死存亡的問題，這幾年，緬甸已經弄得民窮財盡，沒有人不對經濟前途抱悲觀。它如果得不着外國的援助，那麼，它不但無法推進新的建設，新的發展，就是要繼續維持現狀，也幾乎是不可能。

它想接受美援，又怕開罪了蘇聯和中共。所以，它對美援的態度，常常舉棋不定，接受了又拒絕，拒絕了又接受，好像和美國開玩笑一樣。它實在有點「啞子吃黃蓮」的感覺。

蘇聯和中共自然爭着給予經濟和技術的援助。然而，隨着那些援助而來的，不是所謂技術人員的滲透，便是直接或間接的政治干預。這一切，更是緬甸不能容忍而又不能採取斷然處置的。這就是中立主義者的煩惱。宇努已被逼走了，且看溫尼如何變出他的好戲法？

這十多年來的緬甸，雖然變亂頻仍，災難不已，可是，歷任內閣總理的宇努，在政治上一起一落，好像一切處之泰然。他對着人老是雙手合十，笑容滿面；說起話來又是低聲細語，沒有一點火氣。他一會兒站在臺上，演奏得有聲有色；一會兒被人推下去，又變得無聲無息。

宇努如果是星相家，他會看見他的星光，忽明忽暗，早晚時價不同，永遠受着命運的支配。他一再聲明他早已看破紅塵，無心利祿，那一天不做官，那一天便去做和尚。現在他正被尼溫將軍拘禁，恐怕這正是他考慮剃度爲僧的時候。

他平日立身行事，一向遵循佛教的教義；他就是這樣維繫了緬甸的傳統。但是，他不但不是閉關自守的保守派，而且，還信仰民主政治和社會主義。他想做和尚，又想做作家。他翻譯過幾種英文著作，很有一點文學的修養。

有人說宇努信佛教是政治的烟幕；可是沒有人懷疑他愛國的熱忱。他實在無時無刻不想對國家做點好事。人民正因爲他是虔誠的佛教徒，認爲他可以和老百姓打成一片。他反對資本主義和私有財產制度。他很明顯的是一位社會主義者。

可是，他並不贊成太走極端的社會政策。他的左右雖有不少左傾份子，但他似乎抱一種「虛與委蛇」的態度。他的內心深處的恐懼，正是緬共的奪取政權和中共的軍事侵略。所以，這幾年來，他不惜用種種方法去討好蘇聯，去拉攏中共。他常常歡迎周恩來和來自北平的經濟文化訪問團。他也和尼溫到北平報聘。

現在，宇努突然下了臺，過着形同輭禁的生活。尼溫這位年富力強的軍人，捲土重來，又掌握了政權。他對內積極肅清貪汚，整頓吏治，對外還沒有甚麼很顯著的政策上的改變。從宇努到尼溫，他們的作風有時很矛盾，有時甚至近乎荒謬。可是，我們不能苛責他們；因爲他們所面對的，便是一個矛盾的環境，一個荒謬的時代。

尼溫是緬甸的「強人」，也是各方一致公認的獨裁者。他這次連續執政三四年，口口聲聲說要爭取全國的統一與和平。可是，緬甸和統一與和平的距離，一天遠過一天。他又強調所謂緬甸式的社會主義的建設。可是，他除了把公用事業和銀行工廠收歸國有外，並沒有甚麼建樹；相反的，我們只看見工業凋敝，經濟蕭條，人民生計越來越困難。

他似乎是一個想替國家做事的愛國軍人。從外表上看，他像文質彬彬的中國紳士，並沒有納薩、蘇卡諾、艾育布那種飛揚拔扈的樣子。然而，他反對資本主義，沒收私人財產，拒絕西方國家的援助，很像和共產黨一鼻孔出氣。你說他是甘心被共產黨利用嗎？他却又拘禁過職業學生，封閉過左派盤據的大學，最近還逮捕了七百多名有共產嫌疑的人。

在他奪取政權以前的許多政客官僚，他不但不能容忍，而且十分厭惡。前總理宇努被他長期禁閉。宇努所領導的反法西斯同盟一度說他政策失敗，要他引咎辭職。他就把那同盟的首要份子全部逮捕。他也說，爲的就是國家的統一與和平。

這樣一意孤行的政策，固然暫時維持了社會秩序，保全了搖搖欲墜的政權。可是，他左右都是敵人，四週充滿了爆炸性的危機。他那種和平統一的口號，究竟可以維繫多少人心，支持多少時日，任何人都不敢揣測。他控制軍警的能力一直很堅強，那似乎是沒有問題的。至於民衆是不是肯做他的後盾，他好像並不太重視。

尼溫的作風，和上面所說的納薩、蘇卡諾、和艾育布差不多。但是，緬甸的國情，和埃及、印尼、巴基斯坦完全不相同。他也沒有納薩等三人那麼精明強幹，那麼有左右逢源的機智。這恐怕就是緬甸未來危機所在的地方了。

專和緬甸政府敵對的共產黨，分爲紅旗和白旗兩派。紅旗是所謂托洛斯基派。白旗是和中共有勾結的。這兩股共軍，都散處於緬北的森林地帶。十五年來，他們斷斷續續地和政府軍作戰，兵連禍結，和既不成，打亦沒有結果，政府早已陷入莫可奈何的境地。

去年夏天，尼溫向他們呼籲和平，要求他們走出森林，來和政府擧行和談。政府保障他們的安全。紅旗首領德欽素等八月到仰光，不及三天，便掉頭不顧地飛回緬北。尼溫指責他們沒有謀和的誠意。

政府再與白旗首領戈泰等於十月初在仰光舉行談判。那次還邀請了代表右傾黨派的民族民主團結陣線參加。他們一直談判到十一月半，仍然無法達成協議，最後又宣告談判破裂。

兩次談判破裂的原因在那裏，大家諱莫如深。他們在會議中所討論的，不過是有關選擧和大赦一類的事，並沒有引起怎樣激烈的辯論。但是這些都是表面上的文章。聽說最大的癥結所在，可以說完全是軍事上的勾心鬥角。緬共採用十幾年前中共和中國政府談談打打、打打談談的策略。他們騙得了政府的停戰令以後，就一面利用它去改善自己的陣地，一面趁機攻擊政府軍的據點。

這顯然和尼溫所要求的「放下武器」、「走出森林」，有很遠的距離。兩次談判既然都破裂了；政府山窮水盡，也只好放棄所謂「結束十五年內戰」的迷夢。尼溫乃於十一月十六日下令擧行全國二十三個市鎮的大逮捕。四十八小時內，他拘禁了三百多人。到了二十一日，他又逮捕了七百三十七名囚犯，包括政客、記者、作家、工會領袖、和左派學生。

尼溫向民衆解釋，這是政府的保安措施，也是維持社會秩序的必要行動。這樣的斷然手段，固然表示尼溫有魄力，有決心。可是他在羣敵環伺中，能否突破重圍，打出一線生機，任何人不敢作一個預測。

尼溫那樣不顧一切的打擊反政府的力量，當然引起各方面的強烈反抗。統一工人黨和人民進步黨指責政府摧殘人權，破壞和平；就是許多右傾的團體，也不同情政府的措置。於是他便成爲各方抨擊的衆矢之的。

這種形勢的速成，顯然對共產黨最有利。談判決裂以後，雙方只有積極佈置軍事，準備最後的決鬪。大規模的衝突雖還沒有發生，但是，戰事一天一天蔓延，似乎是不可避免的趨勢。據可靠的估計：共產軍有一萬多人，喀倫軍五千多人，喀欽軍三千多人。單就數目而論，他們自然不能和政府軍相比。可是，由於地勢和交通的限制，政府軍無法深入森林，去和他們作任何決定性的戰爭。

共產軍有中共做他們的後盾，政府軍早已感覺無法對付。喀倫軍和喀欽軍，不但盤踞深山險要的區域，而且具有地方色彩和社會背景；政府軍想要勦平他們，也可以說是「談何容易」！尼溫在軍事上既已陷入四面楚歌的窘境，而在政治上、經濟上，也是一籌莫展，沒有甚麼引人興奮的新作風。緬甸是東南亞的一個重要份子；它的一切，自然也要看那整個地區的形勢如何演變。它是不能離開國際關係而獨存的。

然而，國際形勢是不是對它有利呢？這又是一個很大的疑問。尼溫雖然以左傾自居，用社會主義爲號召；可是，他和蘇聯及中共的關係，都是十分微妙而不着邊際的。他一向不和反共的泰國與南越做朋友。他看了吳廷琰政權的傾覆，又對美國更取「敬而遠之」的態度。

一個內戰綿延，經濟窘困的國家，加上政治的紊亂，人心的渙散，國際的孤立。這正是尼溫今日所面對的局面。我眞不知道他有甚麼手法可以挽回這個每況愈下的頹勢！一切的一切，只有讓「時間」去答覆。

（一九六四年六月寫於紐約）

「共產國際」和「恐怖國際」

這若干年，全世界各地都有綿延不斷或此起彼落的暴亂行爲。歷時最久，殺戮最多，又最引起世人注意的，莫過於北愛爾蘭、黎巴嫩及其他中東地區。就是東亞、西歐、美國和中南美洲，也常發生帶有濃厚政治色彩的殺人、放火、綁票、擲彈一類的事。至於奪佔飛機，迫害旅客的驚險鏡頭，亦因司空見慣，早已不被人認爲驚險了。

我說這些暴亂行爲有濃厚的政治色彩，并不是牽強附會，無的放矢。它們雖不如安柯拉馬克斯派的奪取政權，也不如南北韓及南北越的兵戎相見；但是它們的最終目的是完全一致的；它們都是國際共產黨世界革命的一環。

那班暴徒所喊叫的口號和所提出的要求，幾乎千篇一律的是國際共產黨所慣用的陳腔濫調。他們儘管在每一不同的地方，各加一點地方性的特殊氣氛；可是，他們絕對不是普通刼匪或殺人兇犯。我們一聽了他們的口號和要求，便知道那裏面充滿着赤色恐怖的火藥氣味。

即以北愛爾蘭而言：他們的兩派鬪爭，表面上是歷史的及宗教的。他們強調愛爾蘭人對英國人幾個世紀的積不相容；又要世人相信那是天主教徒和新教徒的誓不兩立。實際上，他們都是直接或間接的接受國際共產黨的指使、運用及支援。非有絕對需要，他們必不輕易露出馬列主義的馬脚。

又以中東變亂而言：誰都知道它是以色列人和阿拉伯人「你死我活」的鬪爭；那也是歷史的和宗教的。就歷史言，巴勒斯坦那塊土地，雙方都認爲是他們祖宗墳墓之鄉。就宗教言，猶太人和回教徒都把耶路撒冷當作他們神聖不可侵犯的祭壇。事實上，這又是國際共產黨所導演、所操縱的，一幕一幕，永無休止的悲劇。

再以最近突然變爲人間地獄的黎巴嫩而言：它本來是由基督教徒與回教徒平分政權，卅年相安無事的一個比較現代化的中東國家。它竟因國際共產黨的挑撥離間，而致兄弟鬩牆，殺人盈野，不但毫無棄嫌修好的希望，還有引起敍、以二國軍事介入的可能。

國際共產黨所使用的陰謀詭計，說穿了，不過是變戲法者的障眼伎倆。可是，世界上居然就有那麼衆多的人，墮入它所佈置的陷阱而不自覺。聰明如季辛吉，奸詐如尼克森，還沾沾自喜的以爲深得縱橫捭闔的秘訣，妄想加強俄毛矛盾，去分裂兩個惡魔的共產陣營。等到東南亞喪失了，中東絕望了，非洲也快要全部赤化了；福特才發現「和談」是假的，「談判代替敵對」是做不通的。

陰險狡惡的國際共產黨，譸張爲幻，變化多端，早已使世人眼花撩亂，應接不暇。現又因蘇俄軍事力量的增強，復由於民主國家的散漫，它更肆無忌憚的加緊侵略和擴張。古巴部隊入侵安柯拉，還要進一步的攻打羅德西亞，更足證明蘇俄一不做，二不休，非要橫行天下，蠻幹到底不可。

我們平日所知道的國際共產運動，雖不是如二次大戰前有所謂「第三國際」指揮；但是，不具顯明名稱的「共產國際」依然無孔不入的在全世界各地區，積極推進宣傳、滲透和顚覆的工作。它今日最可怕的，也是最不易被外人所明瞭的，就是世界暴亂行爲，早已和它打成一片，成爲國際共產運動的武器。而這種武器一與軍事力量和特工組織配合起來，便可臂指呼應，運用自如；國際共產黨就如虎添翼一樣的更能危害全世界。

這一類遍及全球的暴亂和恐怖，雖然沒有甚麼橫的連繫，但實早已具有縱的指揮系統和工作計劃。北大西洋公約組織最近收到很詳盡的秘密文件，謂有一種全球性的國際恐怖網，繼續不斷的接受若干左傾政權的經濟支持。那個組織便將它得自十五個會員國的情報，加以分析和說明，使之成爲有系統的綜合報告書，分發各會員國研究及防範。

美國的聯合通訊社現已從那報告書，探得上面所指的左傾國家，乃爲伊拉克、敍利亞、利比亞、南葉門及古巴。那個國際恐怖網所需用的各種軍火，都由東歐衞星國供應。所有中東、西歐、亞洲、美國及拉丁美洲的暴亂行爲，幾乎無一不是透過國際共產黨的聯繫。它們並無統一的名稱。活動於中東地區的就有兩個；一個是哈巴斯所領導的「巴勒斯坦人民解放陣線」，一個是卡洛斯所領導的「阿拉伯革命軍」。

除了中東之外，巴德爾和曼荷夫所組織的西德恐怖集團，已因二人被西德當局囚禁，一時活動不起來。日本的赤衞軍，也因日本政府嚴加防範，那班暴徒捉的捉，逃的逃，現已潰不成軍。但流亡海外的餘孽，仍和中東暴徒秘密勾結。古巴所領導的拉丁美洲急進團體，本來是推進中南美洲的共產革命的；最近又在蘇俄的指揮下，把勢力擴展到非洲；幾個月前的安柯拉戰爭，就是以古巴軍隊爲重心的。

巴黎是國際共產黨推動各地暴亂的中心。「恐怖國際」的重要份子，經常在那裏集會並交換情報。愛爾蘭共和軍、土耳其恐怖隊、西班牙的馬克斯派和北歐的親毛派，都在巴黎和從中東及日本潛來的暴徒，保持密切的接觸。而那些國家的正規共產黨，也是和他們不斷的有交往的。

在那一羣暴徒當中，卡洛斯可以稱爲一個神出鬼沒的傳奇人物。他雖是領導「阿拉伯革命軍」的頭目，但他不是阿拉伯人。他的出生地是南美洲的委內瑞拉。他的姓名有人說是歐丁勒支。有時他又用各種不同的假名。但他早已以「卡洛斯」名聞天下。去年十一月產油國家的外長在維也納集會，一個膽大妄爲的恐怖組織居然把他們全部綁架到利比亞，後因那些外長大多數是阿拉伯人，才得一一開釋。那次在場指揮一切的就是卡洛斯。

去夏巴黎還發生一件驚心動魄的事。那就是卡洛斯居然被法國警察發現了。一個名茅克白爾的自首共產黨員，自告奮勇的引導法警走進卡氏的住所。機警過人的卡氏不但未被拘捕，他反將茅氏及二名法警當場擊斃。此雖爲法警的奇恥；但警方却於卡氏逃亡後，在他的住宅搜得不少有關他及黨羽過去活動和未來計畫的重要文件，包括他所擬定的謀殺名單。

這個飄忽無定，警察永遠捉不着的奇人，却有一個志同道合，氣味相投的好友。那就是年齡和他相上下，但操一國生殺予奪大權的利比亞強人格達費。格氏不但不是共產黨員，而且是虔誠的回教徒。他因痛恨以色列而仇視西方，因仇視西方而不惜和蘇俄友好，甚至讓它使用利國的空軍基地。

他在過去數年，花費了數以億計的石油利潤，去幫助一切陰謀推翻現狀的暴亂組織，尤其喜悅卡洛斯的冒險精神。凡卡氏所擬議的謀殺及其他暴行，他都言聽計從，而且對卡氏的經費要求，也都予取予求，毫不吝惜。卡氏的活動範圍是在歐西和地中海一帶；他就讓卡氏把利國當作重心，隨時和格氏秘密會商。

利國前計畫部長梅海齊，去夏出亡埃及，曾向新聞記者公開宣布：格氏不但資助近在咫尺的卡洛斯機構，就是對遠在東亞的日本赤衞軍，也已給予大量津貼；最近他把矛頭指向貼近的鄰邦突尼西亞，既要謀刺它的總統，又想煽動它的政變。事實上，它的其他鄰邦，埃及、蘇丹、摩洛哥和阿爾及利亞，無一不被他視同仇敵。他是不分思想左右，也不管以阿種族關係的瘋狂者。

早幾天，一位美國警政專家伍爾夫教授，在倫敦發表他連年研究暴亂問題的論文，認爲今日政治性的恐怖份子，已有製造核彈的技能。他們只要有二萬美元和一點核子廢料，就可造成一枚超過廣島原子彈威力的核彈。他又說，那班暴徒現已有遍及全球的聯絡網，幷締結了「交換攻擊及聯合行動」的協定。

這樣聳人聽聞的警告，正和筆者在本文所敍述的若干事實，不謀而合。「共產國際」如果掌握了「恐怖國際」的武器，又運用了如卡洛斯及格達費一類的狂人；那麼；世界末日的來臨，只有上蒼特別創造的奇蹟，才可及時加以制止了。

（一九七六、五、五、臺北）

事實勝於雄辯的建國十年

在中華民國的建國過程中，我們經過了半世紀以上的紛亂和繼續不斷的內憂外患。可是，我們從來沒有鬆懈過我們的工作，或中止過我們的奮鬪。

滿清的推翻，袁世凱的覆滅，北洋軍閥的肅清，不平等條約的廢除，以及這個現代國家的建立，都是由中山先生那一革命主流所號召、所領導、所促成；無論當時所用的名義是興中會、同盟會、中華革命黨或中國國民黨。

一九二六年國民黨興師北伐，不出兩年，就統一了全國。從一九二七到一九三七的十年。我們雖然歷經蘇俄的侵略，共產黨的暴亂，和日本所發動的九一八事變，但是我們仍然咬緊牙關，一面忍辱負重，一面埋頭苦幹，不但充實了軍事上的準備，而且在文化、教育、財政、經濟、工農建設上，多方面的齊頭並進。我們早已在中國近代史上，寫下了最動人，最有光輝的一頁。

日本正因爲我們那十年的突飛孟晉，而加強了，也加速了它對我國的進攻。我們如果沒有那十年的工作成果，決不能支持從一九三七到一九四五的八年浴血抗戰。更不能以一個積弱的國家，戰勝一個號稱頭等強權的帝國主義者。

喪心病狂的中國共產黨，就乘我八年抗戰的疲憊，竟在蘇俄的卵翼下，侵佔我們的大陸，造成了今天這個慘絕人寰的悲劇。這一羣陰險狡惡的叛徒，復在國際上散播一種顛倒是非的空氣，硬指大陸的喪失，乃由於國民黨的「貪汚無能」。

一般左派及自由份子，爲虎作倀，也隨聲附和的擴大那些充滿毒素的惡意宣傳。他們只想一方面掩蓋中共的罪大惡極，一方面抹煞國民黨數十年來的建國成績，尤其是抗日戰爭爆發前十年所表現的那一切。

紐約的聖若望大學爲求歷史的考證，也爲求國際正義的伸張，曾由該校亞洲研究中心主任薛光前博士召開「中國建國十年討論會」。參與那個既有歷史意義，復持客觀立場的討論的，不是中美兩國的名學者，便是身歷其境的當事人。會議完畢以後，光前先生復將那次所發表的九篇論文編成一部「艱苦建國的十年」(The Strenuous Decade; China's Nation-Building Efforts 1927-1937)。

這本富有學術價值的英文著作，把那十年多的國際背景，政治建設，財政金融的改革，教育文化的進步，工農企業的發展，分類臚舉，敍述詳明。那是一個眞憑確據的紀錄。那也是一個駁斥共黨宣傳的有力的武器。

西方人士讀了這一部書，自然明瞭國民黨和國民政府在那最危險的十年當中，如何艱苦奮鬪，如何克服任何國家所不易克服的種種困難；同時也自然了解共產黨歪曲鐵一般事實的鬼蜮伎倆。我們深信中國歷史是不會讓共產黨隨意改變的。

中國受那班職業宣傳家的誣衊，太多、太久、太慘了。「艱苦建國的十年」這一部書，是一個「事實勝於雄辯」的申訴。我們應該感謝光前先生替我們出了一口氣，也替天地間維持了一點眞理，保留了一點正義。

（一九七〇、一二、二六、紐約）

獨裁者的「復辟」

一個獨裁者被人推翻了十八年；他能於流亡海外時操縱本國的政治，又能以古稀老叟常作「復辟」的企圖；最後他萬里歸來還能得到多數人民的熱烈擁護。這樣一個神話似的故事，居然可以在一九七〇年代的阿根廷，成爲有目共睹的事實；使人不得不贊嘆這個和萬花筒一般的世界，眞是千變萬化，無奇不有。

那個三十多年前，師承墨索里尼，實行軍事獨裁，受過阿根廷萬人膜拜的裴倫將軍，不但早已回到了他所熱愛的祖國，而且，在本年九月廿三日的大選，他還準備和他年青貌美的第三任夫人伊莎貝爾，同登正副總統的寶座。這對全世界而言，都可算是一個轟動視聽的奇特新聞。就是在那政潮起伏，變幻多端的拉丁美洲，這也不能不說是空前未有的一件怪事。除了中國大陸毛澤東和江青兩個妖孽外，恐怕中外古今的歷史，只有裴倫和伊莎貝爾這一對寶貝，才敢那麼膽大妄爲的，去玩這個「一手掩盡天下目」的把戲。

無論裴倫是否欺世盜名，抑乃妄自尊大，誰都不能否認他已經是阿根廷的神話人物。而這個神話人物，儘管叱咤風雲，轉移時勢，却又經常和美麗的女人發生糾纏不清的關係。他在一九四六掌握政權前後的那十多年，他的最得力的幫手就是第二任夫人艾薇達。她雖爲不出名的電影配角，但她金髮碧眼，美艷絕倫。她一做總統夫人，便以她迷人的面貌、口才和號召羣衆的魔力，控制了全國工會和幾百萬男女工人，讓他們爲裴倫搖旗吶喊，叫他們替裴倫盡忠効命。

她在阿國政治上及宣傳上出盡風頭以後，不幸患癌夭亡，享壽不過三十三歲。這自然是値得惋惜的事。但是裴倫一喪嬌妻，就如失去了左右手一樣，登時無法收拾人心，也無法統治他的國家。他既不能制裁物價高漲和通貨膨脹，又不能淸除自己陣營裏的貪汚腐化。他還有「寡人之疾」，竟捲入了若干桃色糾紛，乃致民怨沸騰，全國騷動。他不得不下野出亡，歷經中南美洲各國，最後定居於西班牙的馬德里。

當他在海外到處流浪的時候，他遇見了年齡比他要輕三十多歲的伊莎貝爾。她是由夜總會舞女出身的美人兒。他一見鍾情，不久就和她結了婚。這便是他的第三任夫人，也是這次跟着他回國，且已成爲副總統候選人的新聞人物。有人說，他的第二任夫人艾薇達，早被阿國人尊爲「聖女」。他要進一步的把她神化，說伊莎貝爾就是她的化身。也有人說，他迷信女人可以帶給他好運道，所以他要伊莎貝爾做副座，他還要把艾薇達的屍體從西班牙運回來。他一生利用女人玩政治，現在連死的和活的都要同時利用了。可是，伊莎貝爾貌姣好而無口才，性柔和而無能力。她只讀過小學六年，又沒有艾薇達那麼能言善辯，那麼具有組織和領導的天才。

十八年來，裴倫無時不作回國復辟的癡想。可是，他的政敵都是握有兵權的實力派。他於一九六四作過一次回國的嘗試。他的飛機剛到巴西就被實力派拒絕而折回馬德里。去年他公開表示要競選下屆總統，但只回國住了一陣，看見風頭不對，立刻再返西班牙。

然而，他的政治慾望並沒有隨着年事增高而衰落。他表面上似已知難而退，但實際上却在阿國佈置了一個由他指定總統候選人的局面，而且促成他的忠實信徒康波拉當選了下屆新總統。康氏是一名沒有多大野心的牙醫。他在當選的時候，就說他的一切榮耀屬於他的導師裴倫。他就職後，還叫裴倫為「老闆」，甚至公然貼出「主政的是康波拉，當權的是裴倫」的標語。

事實上，主政的也不是康波拉。裴倫如不奪回那個寶座，他是決不干休的。康波拉就職不到一個月，裴倫就自西班牙飛回了阿京。那天居然有三百萬羣衆到機場的四週歡迎。他也預備了一篇慷慨激昂的講詞。最不幸的就是他的飛機尙未到達機場以前，他的信徒便發生了左右兩派的暴烈衝突，二十人死亡，四百多人重傷。裴倫不但不能對羣衆演說，而且他的飛機也被迫在另一機場着陸。這對他自然是一個大煞風景的打擊。

康波拉五月廿五日就職，做了五十天總統就很戲劇化的向國會宣佈他辭職。他要求裴倫出來領導二千五百萬喁喁望治的民衆。裴倫立刻表示他必再度競選；雖然他還說那是他個人「重大的犧牲」。國會的最大多數都是裴黨；最有權威的全國總工會，也宣佈「全力支持裴倫」。他將於九月廿三日當選下屆總統，大概是不會有問題的。

裴倫究竟是甚麼樣的人？他何以在阿根廷有那麼大的魔力？他的所謂裴倫主義爲甚麼在他出國後還能在國內生根？他雖然是不折不扣的獨裁者，可是，他既無對外作戰的赫赫武功，又無具有永久價值的卓越政績，更談不上甚麼了不起的政治哲學。他至多是一個善於利用羣衆而又有靈活手腕的投機政客。爲甚麼他能使阿國民衆對他如此瘋狂的愛戴和信仰？不明阿國眞象的外國人，實在是有點撲朔迷離，莫測高深的。

在他十八年前執政的九年，他曾被人稱爲造福人羣的民族救星。同時他又被人指爲殘忍、驕傲、蹂躪人權的暴君和獨裁者。他很會笑，也很能說話，工作甚辛勤，行動甚敏捷。他眞的以宗教性的狂熱，隨時隨地爲勞苦大衆服務。他爲他們增加了幾倍的工資，通過了各種保護勞工的法規，又替他們辦學校、設醫院、建立廉價住宅和娛樂中心。

可是，當着全國工人感激涕零的高呼「裴倫偉大」的時候，所有反對他或批評他的報館都封閉了，凡敢對他政策表示異議的人，也都失踪了。政治的腐敗和大小官吏的貪汚，更是和家常便飯一樣的司空見慣。他也視若無睹，絲毫不加制裁。他只知道用他戲劇的天才，去掩飾他的錯誤，去吹噓他的「功德」；再加上他那位口若懸河，貌如天仙的艾薇達夫人，天天和勞工打成一片，替他們解決困難，也就是替丈夫拉攏羣衆。她還沒有死亡，就已被人尊爲「小聖瑪利亞」。

他否認他是和墨索里尼一樣的獨裁者。他幼年軍校畢業以後，即赴德義二國研究軍事，後來又任駐義大使館的武官。他一向心儀墨氏爲人。他回國以後，從組織工會到跳上政治舞臺，都以墨氏爲模範。他對人說：「我要做墨氏所已做過的事，但不犯他的錯誤。」

但是他一掌握了政權，他便和墨氏一樣的衝動，也犯墨氏一樣的錯誤。他一味討好工人，便忽視了工人以外的一切民衆。他因而得罪了中產階級和天主教會。他說獨裁這名稱對他是一種誹謗；因爲他過去如果是獨裁者，他便不會每次競選，都能獲得百分之七十八以上的選票。他又說他是信守諾言的政客；阿國人民到現在還蒙受他的社會改革的實惠。

裴倫認爲政敵對他的抨擊都是不公平的。他說：「人家罵我殘暴，但我從未殺過一人。人家指我箝制輿論，但我對出版界的措施，並沒有一次超出法律範圍。阿國人民對我過去的一切成就，至今仍極喜悅。這便使我的良心滿足了。」他現在雖已七十七歲，可是，他仍然身材魁梧，精神飽滿，仍然滿面笑容的和人滔滔雄辯。

平心而論，他這些自拉自唱的宣傳，並不完全是對民衆的催眠，也有一部份的確是事實，否則人民必不會對他有那麼長時期的「迷信」。他認爲他這次返國時的機場暴動，不是他的信徒的自相殘殺，而是反裴派故意製造出來的流血事件。

裴倫當年和歐洲的法西斯一鼻孔出氣。二次大戰以後，他又容許納粹餘黨逃亡阿國。他自然是美國一向厭惡的人物。他部下的左翼份子，和別國的左派一樣，都對美國有深厚的惡感。可是美國是超級強權，復對南北美洲的政治和經濟有影響力及控制力。那些拉丁國家的當權派，誰都不能不重視美國的政策和動向。

美國對拉丁美洲的騷動，早已深感不安。卡斯楚的古巴和阿葉德的智利，更使它動輒得咎，束手無策。它當然不希望再來一個仇視美國的阿根廷。在過去七年，它曾和阿國主政的軍人合作，並沒有得到甚麼好結果。它也無法阻止裴倫的返國和「復辟」。所以，它最近忽然改變過去對裴不滿的態度，承認裴氏可以促成阿國政治的安定和經濟的發展。國務院官員也不諱言美國對阿政策的轉變。他們又說，裴氏是拉丁美洲第一個提倡健全的勞工運動者，又是第一個社會改革和土地分配的實行家；阿國沒有第二個人可以使阿國統一和團結。

他們並不否認他曾壓迫輿論，破壞民權；但相信他這次捲土重來，一定會以新的作風，適應於一個新的國家，使它逐漸走上民主政治的正軌。他們還期望他所領導的阿根廷，可以在西半球產生和巴西及墨西哥一樣的影響力量，而與美國成爲商業上及國際金融上一個親密的伙伴。

美國是最現實的國家。它看見裴倫有民衆做後盾，他在下月的大選獲勝利，似已不成問題；它樂得做順水人情，不但不念舊惡，而且願意改絃更張，言歸於好；至少可使裴氏上臺以後，對於美國在阿投資十四億美元的工商事業，不至和古巴及智利一樣，輕言充公或收歸國有。

裴倫自然歡迎美國的親善姿態。他自一九五五下野以後，阿國的擁裴反裴兩派，一直爭鬭不休。他認爲今日是結束鬭爭的時候。他要統一各黨各派的力量，造成他再度上臺後，一個舉國一致的政府；所以，他以全力爭取保守派及中間路線的同情和支持。

他對馬克斯主義游擊隊，已懷極大的戒心。他們綁票勒索。他們暗殺政要。他們這次又在歡迎裴氏返國的機場上，製造毆鬬、兇殺和流血的慘劇。聽說阿國及外國的富商，曾在這一兩年清付綁匪二千萬美元的贖款。國會最近討論限制外資法案，復使外商疑慮裴氏上臺，會不會重唱反美反帝的老調，去博取游擊隊和左派青年的歡心。

這些都是他在上臺後所要積極對付的問題。他爲要保持美國及其他外國投資者的信任，他前幾天發表一篇痛斥左派的講演。他說，他當選後，一定要製定制止暴亂而又超越黨派的治國方案，才能替阿國解決政治、經濟和社會的迫切問題。

各方面對他除暴安良的決心表示歡迎，也認爲美國的新政策，可以幫助他渡過許多難關。今年阿國的農產和牲口，都有長足的進展；對外貿易可達卅億美元，都是對他的有利條件。目前他所面對的最大困難，就是他要妻子做副座的問題。大家所關心的，不是她的教育和經驗，而是他死後她如何繼承他爲一國元首。

他雖不一定會在任內死亡。但耄耋之年，總是英雄的遲暮。他和一切獨裁者一樣，不得不爲繼承問題傷腦筋。這便是裴倫今日的煩惱和悲哀。

（一九七三、八、二八、紐約）

越南的悲劇和「越南的危機」

越南的危險，不是今天突然發生，也不是因爲美軍久戰不勝，大家才覺得事態嚴重。可是，一般人，尤其是被越戰弄得頭昏腦脹的美國人，每每不大明瞭越南危機的來龍去脈：它的歷史背景，它和整個東南亞局勢的關係，它在世界權力鬬爭中的重要意義。

這幾年，我從美國雜誌報章，和所謂遠東專家的書刊及電視辯論，看了不少關於越南危機的報導、分析、評論、和推斷。我敢不客氣的說一句，他們大多數都免不了「隔靴搔癢」之譏。有些人還要參雜一些個人的成見，甚至故作惡意的宣傳。因此，我所得到的印象，便是他們愈講愈找不出癥結所在；聽的人自然也愈聽愈糊塗。

兩年前，美國名記者赫金絲女士，根據她幾次親訪越南的實地經驗，寫了一部「越南的噩夢」。那是內容充實，見地深遠的好書。可惜不久她在戰地染疾逝世，這本書也不再受人重視。

前年，一位澳洲作家韋斯特，出了一本名叫「大使」的小說。他記述吳廷琰慷慨殉國的史實，正如重演一幕很沉痛的悲劇，讀了沒有不受感動的。可是，他用的是稗官野史的體裁；書中人物全是假姓名的影射。那本書因而沒有甚麼歷史的意義。

當美國朝野憂慮越戰，而出版界又對這問題顯得相當空虛的時候，潘朝英賴丹尼二先生，憑他們平日對於東南亞問題的研討，和他們一再親往戰地訪問觀察的結果，合力寫成洋洋十幾萬言的「越南的危機」。這便立刻彌補了上面所說的缺陷，適應了大家渴望明瞭越戰眞象的需要。

我很迅速的讀完了這本書，不但認爲此乃今日美國出版界的空谷足音，而且深覺全書取材豐富，敍述詳明，態度公允，論斷謹嚴，實可稱爲一部具有歷史價值的佳作。加以文筆的流利，結構的精密，引證說理的明暢週詳，更把這個相當枯燥而又十分殘酷的故事，變成一氣呵成，使人一看不忍釋手的好文章。

這本書，是由越南的歷史地理，一直說到最近若干年的國際形勢，戰爭實況，美國對越政策的演變，和南北越兩個對峙政權的動向。從第二次大戰結束到奠邊府法軍的覆滅；這是一個造成今日分割局面的重要階段。作者把這階段的前因後果，說得簡明清晰，有條有理；最後再進一步敍述一九五四年的日內瓦協定，以及美國如何捲入漩渦，如何促成共同抵抗共黨侵略的東南亞公約。

保大、胡志明、吳廷琰，無疑是這一二十年越南政權舞臺上的三要角，作者對於這三個風雲人物的描寫和批評，既客觀，又深切，而復穿插許多引人入勝的掌故，使讀者有讀歷史如看小說的感覺。作者雖讚揚吳廷琰的人格和功績，也很惋惜他的壯烈犧牲，但從不感情用事的掩飾他的種種錯誤和最後失敗的原因。

洛奇大使的顢頇無能，美國政策的搖擺不定，佛教首領的爲虎作倀，南北越兩方重要人物的比較和評估，作者都能用那有時率直，有時含蓄，有時又帶諷刺意味的筆法，分析得頭頭是道，講解得透澈詳明。我讀了如同到了越南前線，又像親身經歷了這許多年的變亂。

最重要而又最有趣味的，除了兩位作者的序言外，還有第十五章「這個事件的中心」，和第十六章「問題與可能」。他們在這兩章中，一再強調越戰的重要性，及其與聯合國和東南亞的關係，認爲這個危機的演變，無論造成甚麼局面，都會更改亞洲人民的命運，而且要影響美國和自由世界的將來。他們當然希望南越在美國的援助下，得到最後的勝利；但並不主張關閉談判之門，只是談判要有原則，有保障。他們於是建議了進行和平談判的十二點。

潘先生是我國的名教授、名作家，年來在美主持亞東問題研究所。賴先生爲美國的宗教家、專欄記者，現任亞洲講演團團長及自由太平洋協會的秘書長。兩位對於越南危機的觀察和見解，幾乎完全一致；但同時又能站在各個人的立場，講出中美兩國的特殊看法，和可能不太相同的結論。我可以說兩位正是最能代表兩國正確輿論的權威學人。

我讀了這樣切合時代需要，負有時代使命的「越南的危機」這本書，如果不廣爲推介於中美讀者，不僅辜負作者的苦心，而且對國家、對社會，都沒有盡其應盡的職責。此書在美出版不過三個月，就已銷售了八萬册，不久即將譯成好幾國文字。我覺得很高興的，就是除了英文原本外，首先出版的便是中文譯本。而把這本書譯成中文的，正是原著此書的潘先生。

（一九六六年九月於紐約）

巾幗鬚眉二女傑

在這個戰雲密佈，烽火滿天的世界，無論那個國家的勞心焦思或勾心鬬角者，差不多全部是男性的政客。如果偶然有幾個女人在政治圈內奔走活動，大家雖不敢如希特勒一樣的叫她們「回廚房去」，但都認爲那些是無關宏旨的個人行爲。一般人總以爲這個世界依然是以男性爲中心，女人跳來跳去，跳不出男人的手掌；就是今日高唱「解放」的時髦婦女，也無法否定這個事實。

想不到，我們就在這個時代的這個世界，親眼看見了人類史上幾可稱爲空前的兩位巾幗鬚眉。那就是以色列總理梅耶夫人和印度總理甘地夫人。她們不但在自己國家裏掌握了最高的政治權力，而且也在國際舞台叱咤風雲，縱橫捭闔，一面爲本身建功立業，一面替國家爭得了光榮和聲威。

這幾天，我們便在報紙和電視上，看到梅耶夫人挺身出席各國社會黨國際會議的報導。她以七四高齡，不管法國龐畢度總統的反對和巴勒斯坦游擊隊的恐嚇，單槍匹馬，神色不變的飛到巴黎。巴黎為要保護她的安全，出動了全城的警察，制止了數十次的羣衆示威，才避免了一個可能引起國際糾紛的危機。

龐畢度越出外交常軌，公開斥責那班出席社會黨國際會議的幾國首長，認為他們忽於法國舉行普選的前夕，跑到巴黎開會，大有間接幫助法國社會黨競爭選舉的嫌疑。實際上，他只想勸阻梅耶夫人一個人；因為法國和中東的關係很微妙。他這幾年文在以色列和阿拉伯國家之間，玩弄了一點小花樣。他不願梅耶此行引起阿拉伯對法國的反感。

巴黎五方雜處，巴勒斯坦的暴亂份子尤多。他人如處梅耶的地位，雖可暫置龐氏警告於不理，但不能不重視她和以色列的關係及其本身的安全。可是，梅耶夫人本着「雖千萬人吾往矣」的精神，毅然決然的不顧死亡的危險，奔向敵人的陣營。這貞和愛國軍人視死如歸一樣的勇敢。

巴勒斯坦游擊隊組織的嚴密，計劃的周詳，行為的殘酷和手段的毒辣，我們從好多次刼機勒索的事件，便已看得很清楚；尤其是去年發生的兩個震駭世界的大慘案，一個是他們指使日本暴徒持鎗掃射以色列機場的乘客，一個是他們在慕尼黑世運大會殘殺以國運動員。許多人到現在講起這些事還有點膽顫心驚。那班巴游份子就是要以恐怖和暴亂去威脅以色列人的生存，去毀滅以色列人所建立的國家。

可是，他們遇着了梅耶夫人，便是遇着了一個氣奪三軍，心雄萬夫的對象。她從來不對敵人屈服。她總是理直氣壯，先聲奪人，絕對不和巴游份子談妥協、講條件，就是斷送幾個運動選手，犧牲幾個外交人員，她也不表示一點惋惜或後悔的意思。

有一次，幾個暴徒已把一部飛機刼持到以色列機場，要求以國釋放一切已被囚禁的巴游份子。梅耶一面叫人和他們開談判，一面在機場上密佈軍警，相持二十多小時，一舉而將兩名男匪擊斃，兩名女匪拘捕，飛機和乘客都沒有受到任何損傷。最近一次，巴游份子佔領了曼谷的以國大使館，提出同樣的要求，雙方隔洋談判二十多小時，最後退讓的仍然不是梅耶，而是巴游份子。她就是一個這麼堅強的婦人。

梅耶夫人的不屈不撓，並不是從今日才開始的。她在一九六九年擔任總理以前，無論是做勞工黨的秘書長或任駐蘇大使，或爲外交部長，她總有堅守的原則和一定的立場。她講話直率爽朗，心口如一；做事果斷、穩妥、痛快淋漓。她有演講天才、但並不拖泥帶水的滔滔不絕。她很能接納別人的意見，但也有擇善固執的個性。她的主意一定下來，她就不猶豫，不妥協，更不退讓。

勞工黨推她出來做總理，並不完全是因爲她聲望日隆、或年高德劭，而是認爲以國在羣敵環伺中，需要一個堅強的領袖，而梅耶就具有那種堅強的特質。她臨危受命，正在阿拉伯國家對以聲勢洶洶，以國總理艾希柯逝世，朝野上下惶惑不安的時候。她一上台便立刻宣示她拒絕美蘇想要強迫以國接受的中東和平方案。她說，以國是爭民族的生存，斷不能把它的命運交給幾個強權去支配；它所需要的不是虛僞的休戰，而是眞正的和平。她就是這樣澄清了國際視聽，也安定了國內的人心。

她對國內的政治糾紛，也是同樣的有遠見，有辦法。國防部長戴揚早想以民族英雄的聲威，去和另一政要艾倫爭奪總理的職位。她以公正的立場，調和兩人的情感。她能不念舊惡的對戴氏推心置腹，復能責以大義，使他消除驕橫，同舟共濟，又使他心悅誠服，唯命是聽。她就是那樣贏得了政客的信心和人民的擁護。

從復國運動時期的猶太社團，到復國以後的以色列國家，她實無役不參加，無事不過問。她的奮鬥生活早已超過了半世紀。她是在俄國的基輔出生的，一九〇三跟着家人移民美國。她的父親在蘇俄做木匠，在美爲鐵路工人，所以她從小就醉心社會主義和猶太復國運動，二十多歲結婚，便和丈夫回到巴勒斯坦，參與勞工黨的實際工作。她的丈夫一九五一死亡。她有已婚兒女二人。

她今日雖爲勞工黨的領袖，又爲國家的總理；但是她仍然保持一個家庭主婦的簡樸生活。她除香煙與咖啡外無任何嗜好。她喜歡政治性的集會。可是，她也常請僚屬到家裏，舉行「廚房內閣」的會議。她待人推誠相見，一視同仁，一有機會，就要勗勉大家爲國家犧牲。

有人如要問她的力量的泉源究竟是什麼，那麼任何以色列人都可以說出她的公忠體國，也可以講到她人格的健全，志行的純潔和政治手腕的靈活。她不但發揮了最大的才能，也獲得了最高的人望。她以彈丸小國的總理，又在中東那麼複雜，那麼危險的地區，居然能夠周旋於美蘇英法四強之間。無論是敵是友，是戰是和，大家都不能不聽聽她的意見，看看以國的動向。尤其是那個擁有大量猶裔公民的美國，更是對以國源源接濟一切最新奇的軍火；梅耶提出甚麼願望，美國對她總是有求必應的。她便是這樣在外交上替以國打開了生路，在歷史上爲自己建樹了不朽的勛名。

梅耶夫人在中東區域的卓越成就，已可稱爲亞洲的光榮；不意在亞洲的南部，又有一位出類拔萃而且可與梅耶互相輝映的奇特女人。那就是印度總理甘地夫人。她和梅耶夫人一樣的堅強勇敢，一樣的以一身兼任國會黨的領袖和印度的總理。她們同在艱難困苦中成長，同於危岌存亡時出任鉅艱。可是，她們所面對的問題不同，因爲印度的環境及歷史，和以色列的不同。

同時，甘地夫人的個性、敎養和家庭背景，也和梅耶夫人不一樣。她安靜、沉着、不愛多說話、也不是雄辯家。誰也不能在事前猜出她心裏想些甚麼或準備做些甚麼。她深謀遠慮，成竹在胸，一有決策，任何人也不易動搖她的方針。她出身富貴家庭，從小就在英國讀書，又曾在牛津畢業。她是尼赫魯的唯一愛女。她在尼氏耳提面命之下，既走他的政治路線，也受他的政治薰陶。

尼赫魯逝世以後，印度羣龍無首；他所領導的國會黨，又不能繼承他的遺志，掌握政治的重心。他們想學尼氏的手法控制國會，但又沒有尼氏那樣的威望和才能。他們之所以推出甘地夫人組閣，一方面要利用她和尼氏的父女關係及她夫家的著名姓氏，一方面也低估了她的潛在力量，以為她是可以隨便指揮運用的女流。想不到，她上台以後，沉機應變，敢作敢為，不但擺脫了舊政客的羈絆，而且不惜把國會黨分裂了再加統一，最後居然在一九七一年爭得國會最多的席位，又獲得大多數選民的支持。

以色列國小而人少，又能萬衆一心的對付阿拉伯人的威脅。印度國大而人多，復有紛至沓來的內憂外患。甘地夫人所統治的五億七千萬人民，百分之七十不識字，至少有兩億人在饑餓線上掙扎。尼赫魯不懂經濟原則，一生對「貧窮」一籌莫展。甘地夫人有對「貧窮」宣戰的勇氣，而且實行抑富濟貧的社會主義政策。無論是土地改革或銀行國有，她都做的有聲有色，頭頭是道。

她一面削除舊日王公的特權，把他們的財富收歸國家；一面又能增加農業生產，推進工商企業，雖還沒有做到經濟繁榮，家給戶足，但已使窮人有工可做，有飯可吃，也縮短了貧富懸殊的差距。共產黨雖曾用窮人做工具，做口號，但甘地夫人大權在握，言行一致，眞能給窮人以實惠，所以她可以用自己的政績，去叫人民反共而擁甘。這在任何國家都是不容易做到的事。

那樣富有革命性的新經濟政策，自然要遭逢特權階級的反抗。憲法既能限制政府的權力，大理院便可否定她那些沒收王公財產和把銀行收歸國有的措施。她依仗她在國會所擁有的大多數，修改了憲法，又制止了大理院的干預。她現在已能隨心所欲的控制了整個政局。

甘地夫人在國會及在對內政策上的成就，如不佐以外交上和軍事上的空前大勝利，她也不會如現在這樣成為萬人膜拜的民族英雄。巴基斯坦雖乃由印度分離出去的回教國家，但兩國情感惡劣，二十多年一再兵戎相見。兩年以前，巴國發生內亂，東巴難民逃入印境的幾達千萬。她知道西巴挾美毛以自重，她便立刻和蘇俄簽訂友好條約，也就利用蘇俄軍援而對巴國用兵。她在東西兩邊都打勝仗，扶植了孟加拉的獨立，又促致了巴國的分崩離析。

那樣相繼而來的外交和軍事的成功，不但振奮了國內的人心，而且震驚了國際的視聽。三年以前，絕對不會有人相信印度敢和巴國作戰。尼克森更不會想到甘地是一個冒險犯難的女人。他以一種「藐視」的心情，定下了援巴反印的政策，造成近年美國外交的大失敗，也幫助蘇俄的勢力打進了南亞的範圍。美國對印度的各種援助，自然因而全部停止。現在事隔一年多，美印關係還沒有恢復正常化。甘地夫人很自負的說：「我們可以不需要美援」。她最令人驚異的一點，就是她雖因蘇援而得勝利，但始終不讓印度成爲蘇俄的附庸。

二十五年前，她不過是一個大人物的小「千金」。現在，她的成就一切超過父親。尼赫魯所不敢做的，如對內抑富濟貧，對外和巴作戰。又和蘇俄結盟，她都大膽的做了，而且做得十分成功。有人說她是比父親要勝十倍的政客。尼氏一意孤行；她知改過，又能接納忠言。尼氏不善馭人；她知人善任，又能使僚屬對她折服。

有人對她歌功頌德。稱她爲戴高樂第二。事實上，她沒有戴氏那麼自命不凡，也不會放棄她一生所服膺的民主政治。梅耶已爲祖母型的老人。甘地仍爲精神充沛的少婦。無論以印二國現在如何撐持，將來如何演變，這兩位無獨有偶的風雲人物，都已在亞洲的近代史上，各自寫下了光明燦爛的一頁。

（一九七三、元、十七）

彈冠相慶的左翼「中國通」

中美外交關係，可以說是二十世紀一個很奇異、很驚險，而又充滿悲劇氣氛的事。它的撲朔迷離，它的變幻莫測，不但將來的歷史家，不易分辨此中的是非黑白；就是我們生在這個時代，甚至是身歷其境的人，也會對着一大堆互相矛盾的文件，找不出那些事變的來龍去脈。

這幾年，國際共產黨圖窮七見，到處猖獗；他們赤化世界，奴役人類的陰謀，一天一天的向世人暴露。他們的巧妙宣傳，掩飾不了他們的猙獰面目。我們因而知道了不少有關他們挑撥中美友誼，破壞中美邦交的事實。我們尤其不能不感謝坦白天眞的美國人。他們說了許多老實話，寫了許多揭發「內幕」的書，使我們明瞭了許多涉及中美外交的秘密。

本來，中國共產黨是俄國人一手製造的第三國際駐華支部。它的唯一目的，就是要滅亡中國，使中國成爲國際共產黨的一環。這原與遠處太平洋對岸的美國毫無關聯。不幸，中國被日本帝國主義者侵略。我們為爭民族的生存和榮譽，不得不起而浴血抗戰。正當中國在孤軍奮鬪的緊要關頭，日本又發動太平洋戰爭。美國捲入了第二次世界大戰，同時捲入了中日戰爭的漩渦。

那班早已走到窮途末路的中共，便在那個時候，利用舉國一致抗日的機會，假借團結救國的美名，苟延了他們的殘喘。他們又透過國際共產黨的組織關係，和美共發生了密切的聯繫；復運用美共的滲透與掩護，發動若干美國新聞記者和外交官員，去替他們宣傳，去幫助他們打擊國民政府的信譽，危害中華民國的安全。

美共為中共做「開路先鋒」，是有很多優越的條件的。第一、他們早已用自由份子的身份，打進了美國政府機構、新聞界和教育界。第二、他們有民主自由為保障，可以毫無顧忌的進行破壞民主自由的工作。第三、中國一向對美國有好感。戰時兩國又為並肩作戰的盟友。中國人從不懷疑美國人中間，還有美共對中國從事顛覆行為。事實上，美共在抗日進行中，便已和中共緊緊的勾結，所以產生了史廸威事件，和隨之而來的種種不愉快的經驗。他們在戰事結束時，又乘我們八年抗日，精疲力竭之餘，極盡挑撥離間的能事；既促美國強迫中國組織容納中共的聯合政府，又使美國在我最危岌的時候，停止一切經援和軍援。中共便是這樣輕而易舉的竊據了中國大陸。我們的同胞便是這樣陷入了萬刧不復的慘境。

光陰過得眞迅速。這些一幌就已三十年的演進，到了尼克森去年訪問中國大陸，可以說是告了一個大段落，也是一個不可思議的大轉變。可是，我們如以歷史家的眼光，去作冷眼的觀察和不動情感的分析，我們很可以看得出這些演進的前因後果，更可以分辨得出此中的是非黑白。

最近，正當美國朝野上下慶幸越戰結束的時候，國務院忽然舉行了一個不尋常的餐會。一羣「鼎鼎大名」的親共仇華份子，也是一度被人稱爲「叛逆」的職業外交家，那天不但都到場，而且受到現任外交官員的熱烈歡迎。他們被現任官員稱作「對中國事既有遠見，又是先知先覺」，復得到過去遭人「誣衊」和「罷免」的「昭雪」。其中最受人注意的，就是那個生長中國，精通華語的美亞雜誌盜竊文件案主角謝偉志。他在那餐會裏特別顯出感激涕零的樣子。

這個餐會是由美國外交官員聯誼會所組成的。它自然不是美國政府的正式宴會。任何人不能因那餐會而對國務院有所責難。可是那天到會的有二百五十多個國務院的高級官吏。國務卿羅吉斯雖然推故沒有出席，但是他的助手副國務卿江森便周旋於新舊官員之中，怡然自得。他不久就要赴美蘇兩國的裁軍會議，擔任美方的首席代表。遠東司長葛林，也是參加那天餐會的一份子。

除了這幾個要員外，還有做過駐蘇大使和紐約州長的哈里曼。他是一向仇視中華民國的左傾外交家。本來重慶時代駐華大使館有一個比謝偉志更重要，也對戰後對華政策更有影響的戴維思。他就是當年史廸威最親信的顧問，後來被杜勒斯國務卿指爲「判斷荒謬」而罷黜的。他這次雖被餐會邀請，但因遠遊西班牙而未能參加。這是主持餐會者引爲莫大遺憾的。

一個名叫克勒布的「中國通」，過去做過國務院的中國科長和駐華總領事，也是戴謝二人的黨羽。他因被國會認爲「危害國家安全」，曾於一九五二被迫辭職。他多年來，牢騷滿腹，說他是被參議員麥卡錫所陷害，而致中斷了他的外交前程。他在餐會上連嘆：「我今天回到這裏來，我眞高興。我以前以爲這是不可能的」。這一類的所謂「中國專家」那天和謝克二人一道出席的，還有前駐加拿大大使白德華斯，前駐墨西哥大使弗里曼，前駐東京代辦艾默森，前助理國務卿巴芮第。連那個數月前逝世的范宣德的寡婦，也在那餐會裏很活躍。

這一大羣左翼的「中國通」，都是戰時替中共宣傳，戰後以全力打擊國民政府，後來被主持國務院的杜勒斯宣告永遠不再錄用的。現在，時過境遷，他們都以身蒙「叛逆」嫌疑的人，搖身一變而成爲「目光如炬，功在國家的預言家」。這已充份反映出今日華盛頓的政治「行情」。

那天餐會的主席哈羅布，在致開會詞的時候，曾把這二三十年的中美外交關係申述了一遍，大爲這班「有遠見的中國通」抱不平。他說：「尼克森總統的北京之旅，以及他所開闢的中美關係的新紀元，已經使人注意到一九四〇年代，美國駐華外交官員所作有關中國的報告，實有預言性的品質」。

事實上，哈羅布事先發出的通知書，早已很明白的說：「歷史家現已讚揚那個混亂時期的美國駐華外交官員，認爲他們對於當時中國狀況的分析，是坦白而又正確的。他們所報告的那些事實，竟不爲國內人士所歡迎。他們也因受到嚴酷的指摘，而致不能繼續他們的任務。這是如何值得惋惜的事。」

因此，今日在國務院當權的官吏；爲要替志同道合的老同寅「昭雪」，爲要對反共的死硬派示威，便把那班「中國通」的「元老」，請回國務院的老家。這些「元老」雖因過了退休年齡，而不易東山再起，但是，一定可以對現任官吏，供給他們對於中國問題的「寶貴意見」。

紐約時報特爲國務院這個集會，做了一篇社論，把謝偉志等大大的恭維一頓，但說來說去，說不出甚麼道理；只說謝氏遠在一九四四就已預言中共會奪取中國的政權，歷史便已證實了他的預言的正確。至於他們如何替中共做顚覆工作，如何竊取國務院的重要文件，紐約時報當然一字不提了。

近年以寫「史廸威與美國在中國的經驗」一書出名的左翼作家塔克曼夫人，也在那餐會上大放厥詞。她因爲自己沒有做過外交官，所以說話比較直率而露骨。她絕對不隱藏她和中共立場的一致。她說：「我們今天向一羣以謝偉志爲代表的外交官致敬；不但歷史證明他們是對的，就是現在政府的作爲，也證明他們是對的。這一羣戰時報告中國實況的人，看見美國總統一九七二訪問中國，會不會因爲那個諷刺的過於尖銳而顫抖？」

她又問：「我們想到過去的一切，現在忽然看見尼克森和毛澤東相對而坐的照片，他們還露出一點令人作嘔的笑容；我們會不會覺得現實比虛構的小說還要奇怪？這樣的事二十五年前就可以發生的。如果那時美國的政策，是依照重慶大使館這班專家的建議而釐定，那麼，這若千年，我們和亞洲都可避免那些不可彌補的災害。他們對華盛頓的報告，概括起來，就是中共會成功，國民政府會失敗；美國不應一仍舊貫的支持國民政府，而應改絃更張的幫助中共」。

「正由於他們都說對了，他們反遭迫害，開除和不再錄用的處分」；她補充的說明，「因為他們在職業上所表現的幹練和誠實，正和麥卡錫參議員操縱的冷戰互相衝突。他們所報告的，都是從共產黨那裏得來的第一手資料。謝偉志從延安所寫的報告，和戴維思自各方面所搜集的資料，都一度承認中共是最有力量的政黨；中國的命運必將為中共所掌握。這是他們的觀察，而反共的人竟指他們是『顛覆』。」這位能說能寫的女作家，雖然是想替那班左翼的「中國通」辯護，但她心直口快，反把他們勾結中共，出賣盟邦，背叛美國的陰謀詭計，完全暴露無餘。

平心而論，這班左翼「中國通」，並不一定是共產黨，更不一定是存心叛國的顛覆份子。他們不過是受人指揮，供人利用的工具而已。可是，他們的作惡為害，實比正式共產黨徒還要厲害好多倍。因為他們位居要津，又和新聞界的史諾和文教界的費正清、拉地摩爾等，興風作浪的互相呼應，便在這三十年中，在美國製造了親共反華的輿論，影響了美國政府的對華政策，雖曾一度經過麥卡錫的發奸摘伏，杜勒斯的大力「肅清」，但因他們滿佈爪牙，根深蒂固，始終不能發生很大的效果。相反的，由於他們宣傳的毒辣，逝世已二十年的麥卡錫，至今仍被他們視為和毒蛇猛獸一樣的，既頑固而又反動的怪物。

今日當然是他們彈冠相慶的時候了。他們已有若干人跑到北平，去做周恩來等的上賓，又在美國到處擴大親共反華的宣傳，繼續壓迫政府當局用他們的建議，走他們的路線。他們在國務院舉行這樣盛大的餐會，表面上是得意忘形的慶功宴；事實上是對政府當局和反共的民衆一種變相的大示威。

美國的反共力量，雖然是脆弱而無組織，可是，尼克森所講的沈默的大多數，仍然是愛國的、保守的，也要維繫民主自由的傳統的。國際共產黨最怕美國民衆由沉睡而醒覺；復怕那位變化無窮的總統改換他的主意，又來一個出奇制勝的新轉變。所以，這班「唯命是聽」的自由份子，一定要加緊宣傳和示威，增強滲透和顛覆，既不讓尼克森改變他的現行政策，也不許反共除奸的麥卡錫主義復活。國際共產黨的世界革命，始終是要澈底消滅美國這個最大的敵人的。

（一九七三、二、十四、紐約）

猶太人的勢力在美國

國際共產黨因爲美國一面在西歐撐持北約組織及九國共同市場，一面在東亞扶植日本，援助南越與南韓，又和中華民國訂立協防條約；常常說它是抱有侵略野心的戰爭販子，或想控制全球的資本帝國主義者。

這當然是蘇俄和毛共顛倒是非，混淆黑白的陳腔爛調。事實上，美國在西歐及東亞的外交政策和軍事措施，幾乎無一不是針對國際共產黨的侵略與擴張，而想用美國的雄厚國力，去保障自由世界的獨立、民主和生活方式。

若干年來，美國由於主政者缺乏遠見和魄力，又由於自由份子的爲虎作倀，每每不能貫澈它那救人亦卽自救的外交方針和國防計劃。它過去對中華民國及現在對南越與南韓，都犯了軟弱、退讓、認識不清和爲德不卒的毛病。就是它對「血濃於水」的西歐，也是朝秦暮楚、搖擺不定，簡直不能稱爲立場穩定、意志堅強的盟主。

然而，世界上只有一個國家。它的產生、它的發展、它過去的掙扎和現在的奮鬪，全由美國一肩擔負和一手支持。那個國家就是今日屹立中東，敢對超過它數十倍的敵人繼續作戰的以色列。這是鐵一般的事實；無論美以二國是如何加以否定的。

過去，美國對西歐及東亞的援助，都曾引起自由份子的反對和納稅人的抗議。上面所指出的「認識不清」及「爲德不卒」，可以說是由於這班人的阻撓和破壞，常致功敗垂成，爲親者痛而仇者快。唯有美國對以色列的支援，幾乎沒有人敢表示懷疑的態度，或發表一點修正的意見。

今日美國的對以政策，雖已造成以阿四次戰爭，甚至還有第五次的可能；但它仍然不惜冒石油禁運及開罪阿拉伯人的危險，繼續用全力作以國的後盾。就是因此而可能導致美蘇兩強的軍事衝突，好像美國人也只認爲有加以防範的必要，而不相信那一定會發生。

以色列和美國遠隔重洋，又非如西歐及拉丁美洲的休戚相關。何以它以中東地區一小國，會對美國發生如此不可思議的魔力？我們如看一看最近美國聯合參謀會議首長布朗將軍對新聞記者所講的一篇談話，便可知道此中的道理。

布朗說：「游說團（指在美京爲以色列作說客的人）的頑強，說起來不易使人相信。以色列人向我們要求大量武器。我們說『我們不能使國會通過這樣龐大的軍援』。他們說『請不必爲國會擔憂；我們可以對付它的』。這雖爲外國人所講的，但一點也不誇張。他們講得出、便做得到；因爲他們在美國有銀行、有報紙。你們可以看得見他們的金錢用在甚麼地方。」

他的談話雖曾引起猶裔美人的申斥和福特總統的警告，但已喚醒了一向易受痲醉的美國人。他講後不到幾天，就被猶太人逼迫而公開道歉。可是，大家都知道他所講的無一不是事實。不要說銀行和報紙多受猶太人控制；就是其他金融、工商企業、以及一切和教育、文化、科學、醫藥和大衆傳播有關的機構，都有或多或少的猶太人從中操縱。

民主國家是最注重輿論的。尤其是在美國；它的報紙、電視和電影，早已成爲它民主制度和民主生活的極重要部份。我們在那些部門當中，到處發現極有能力，也極有成就的猶太人。我們不必列舉那些作家、明星和記者的姓名。卽以猶太人所掌握的紐約時報而言，它便是全國輿論界的權威；它復具有影響國內及國際政治的力量。

我們並不低估猶太人對美國的貢獻；也欽佩他們高度的智慧、刻苦耐勞的習慣和對以色列踴躍輸將的精神。筆者在美國常與他們接觸，有一個時期，還曾住在猶人衆多的區域，不但從無「反猶」意識，而且深爲他們辛勤、節儉、奉公守法的若干優點所折服。可是，他們過於重利輕義、貪婪自私、過於「爲目的而不擇手段」。凡與他們打交道，或和他們有貿易關係的，都對他們懷戒心。他們一參與美國的政治，便恨不得美國的國策都應由他們支配。

以前，美國的猶太人只以會做買賣著稱。近年他們以全力打進政治圈內，又成爲玩政治、弄權術的能手。這六七年來的季辛吉，還未做國務卿便把美國的外交政策，天翻地覆的轉變了。他做了國務卿，更成爲舉世聞名，又在美國最得人望的「穿梭」外交家。前後兩個總統都把他當作決定國策的心腹。

還有一位名望不及季氏，但其重要性亦和季氏相伯仲的猶裔政客。那就是主張加強國防並對蘇俄強硬的國防部長斯勒辛格。除這兩個極有能力的閣員外，美國還有不少猶太血統的參議員、衆議員、地方首長和民意代表。他們雖只佔全國人口的百分之三，但從中央到各州市，他們產生了比任何其他少數民族都要大得多的政治力量。他們在國會參衆兩院，也佔有了百分之三的數目。

他們最有成效的政治活動，莫過於在美京所組織的游說團。最初這些活動，只以保障猶裔自身利益爲藉口；現則動員全體議員去援助以色列的國防和經濟。他們以各種方式去和各派各系的政客官僚接近，或資助個人的競選，或爲解決某一集團的困難而努力，總使猶裔與議員發生人與人間的深厚友誼。

只要權力是可以購買的，他們不惜鉅額資金去作各種式樣的政治捐獻。猶太團體雖很多，但都互相聯繫而又是組織嚴密步驟整齊的。他們既有代表三十三個社團的美猶組織聯合會，又有專爲議員服務或供給資料的美以公共事務委員會。他們出版的定期刋物，每期分送華盛頓每一個有政治作用的官員。他們眞是做的又週到、又澈底，使一切在美京作政治活動者都有「望塵莫及」之感。

遠在羅斯福時代，猶太人便開始了他們對高層政治的滲透與包圍。那時他們的目的只是爭求自身的利益，並沒有遠大的計劃。羅斯福利用他們獲得大批猶裔美人的選票。杜魯門繼任總統，第一個影響他外交政策的就是他貧賤時和他合夥做服飾生意的猶太商人嘉卡布森。

嘉氏向他陳述猶太人想在巴勒斯坦建立以色列國家的企圖，要求他本於兩人私誼而加以援助。他一口答應，並且邀請猶太獨立運動領袖魏芝曼至白宮晤談。美國便在以國宣告成立後的十一分鐘很急促的予以外交的承認，使它立刻得到它所迫切需要的國際地位。

從那時起，到現在，美國便繼續不斷的援助了以國二十六年。猶太人除經常為以色列募集大量捐款外，也繼續不斷的貢獻不計其數的金錢，作為政客官僚的競選及其他政治活動的用費。他們有時隱在幕後策劃；有時自己積極參加。凡要在美國從事政治生活的，幾乎無人不和猶太人發生過關係。而受他們捐贈最多的就是以自由主義為號召的民主黨。

他們除了肯用錢外，還有許多巧妙的宣傳和情感的運用。他們盡量暴露希特勒屠殺猶太人的罪惡，使美國人和他們一樣的痛恨納粹，而增加美國對他們的憐憫。因此美國有不少人都覺得顛沛流離的猶太人，應該回到巴勒斯坦的「故土」；甚至因同情猶太人，而忘記了那「故土」上，還有數目衆多、處境同樣可憐的阿拉伯人。他們在同一「故土」居住了一兩千年，也和猶太人一樣的有生存的權利。這就是今日巴勒斯坦問題的癥結。

猶太人不但精於賺錢，而且善於用錢。他們所投資於美國政治的，每一元都有一元的用場，而且又一定是有相當收穫和實際效力的。他們從資助杜魯門爭得連任總統開始，幾乎每一個全國性的選舉，都曾出錢出力。關係本身利害的地方性選舉更不必說了。

他們二十多年前就使國會通過支持以色列的決議。近年，由於以阿衝突的尖銳化，國會對以色列的支持變本加厲。一九六九年一百參議員中有七十名，四百三十五衆議員中有二百八十三名，都是站在以國一邊的。一九七三年以阿十月之戰以後，國會通過二十二億美金的援以法案；參議院是六十六票對九票，衆議院是三百六十四票對五十二票。

民主黨一個想當下屆總統的參議員賈克遜，看準了猶太人對他競選的重要性，就集中他的力量，去取悅猶裔美人。他大聲疾呼的要求蘇俄准許猶裔俄人自由移居以色列。他說他是本於人道主義的立場。但是他對慘無人道的毛共禁止大陸人民自由行動，却無半個字的批評，反說美國應對北京派大使。這就是美國政客最可悲哀的矛盾。

賈克遜一九七四年的提案，有七十八個參議員簽署。他在提案中，特別聲明蘇俄如不放鬆移民條例，美國就不對蘇俄貸款，也不給予最惠國待遇。衆議院居然以三百十九票對八十票，通過了這樣一個近乎干預別國內政的議案。我們便可以看出猶太人在美國的勢力多麼深入，多麼驚人。

你如要問美國政客爲何那麼有偏見，你就要知道猶太勢力怎樣和他們的政治生命有切身的關係。任何政客的生活中，都有一個猶太力量的陰影。參議院外交委員會那個做了二十多年主席的傅爾伯來特，一向高視闊步、自命不凡，有時甘作共產黨的應聲蟲，有時也發揮一點很有見地的主張。

他始終認爲美國「袒以抑阿」的政策，會造成中東的混亂和世界的危機。他就在去年秋季的期中選擧出乎意料的喪失了參議員的座位。取而代之的，便是歷年力主積極援助以色列的龐白斯。一般人於是得了一個結論。那就是凡贊成援以的，就可領受猶太人的捐輸；反對援以的，就可能遭遇競選的失敗和政治生命的完結。

以色列沒有美國朝野的支援，便沒有它的生存機會。猶裔美人如不拚命替它爭取生存權利，那個短小精悍的國家便會滅亡；那個艱苦卓絕的民族也會在那中東地區消失。這樣的形勢，是在阿拉伯國家製造能源危機以後，大家看得更加清楚的。

美國無論就猶裔美人的政治因素或就自身在中東的利益而言，自然認爲支援以國，實乃比較最合理的國策。可是，它如因此而延長中東的戰禍，影響世界的和平，那就不應該一邊倒的袒護以國，而忽略了阿拉伯方面的情緒及要求。這個普及全球的通貨膨脹和經濟衰落，再加上以阿衝突及石油加價，早已促成天下大亂的現象。

當這人人害怕核子戰爭的關頭，美國及北約盟邦，都覺得西方經濟如因石油價格而遭到窒息，美國可能會從事武力的干預。福特總統及季辛吉國務卿聲明於前。北約組織龍斯秘書長響應於後。龍斯還強調「歷史上沒有一個國家受到扼殺而不採取對策的」。這些都是很嚴重的表示，而決不是無病呻吟。

萬一這種武力的干預，引起第五次的以阿對抗，再由以阿對抗擴大而為美蘇兩強的核子戰爭，那麼人類只有等候同歸於盡的刼運，恐怕已經來不及追問那一方面應負同歸於盡的責任了。這幾個領袖的聲明無論是否誇大的宣傳，或乃含有嚇阻意義的警告，總不能不說是充滿爆炸性的不祥之兆。事實上，以阿雙方早已劍拔弩張，一觸卽發。美國「勇往」號所率領的特遣艦隊，又已由太平洋駛入印度洋。任何人看了這樣的緊張的局面，都不得不有「不寒而慄」的反應。

今日以阿雙方都在互相挑釁，各走極端。蘇俄既已唯恐天下之不亂；猶裔美人好像也只顧到以國而不顧到整個大局。他們站在種族立場，或有他們片面的理由，但如站在美國公民的立場，便絕對不應把以國利益放在美國利益之上。他們似乎要孤注一擲的把美蘇兩強拖進以阿最後一次的決鬬；甚至所有的人類跟着他們「偕亡」，也是在所不惜的。

我們希望全世界，尤其是美國，都能對這班瘋狂的人，加以及時的有效的制裁。我們也深信上蒼必不容許祂所創造的兒女，竟把祂所創造的世界，如此殘忍的毀滅。

（一九七五、一、一五、臺北）

壯士的志操

我的老友喬家才兄送我一册新出版的「海天感舊錄」。這是他近年陸續發表的十三篇文章，也是一部清新雋永而有歷史意義的散文集。

他在「黃埔當年鐵與血」那篇中，提到他和我四十多年前在粵初相識時，他對我的一點印象。我五年前在紐約讀了這文，才知道在一千餘國大代表中，我還有這位多年不通音信的老友。當時，那位和我相交已逾卅載的潘公展兄讀了這文，也對我說：「你北伐時在廣州所做的一些工作，怎麼你從來沒有對我講過？」他大概不知道我是不大喜歡對朋友談自己的過去的。

這便引起了我少年時期參加國民革命的回憶。我乃透過中外雜誌和家才重建了隔斷那麼多年的友誼。近年我常常返國省親訪友；每次我必到喬府去看他，并和他促膝對談，歷久不倦。我們一講到北伐初期我們所經歷的一切，均有滄海桑田，恍如隔世之感。

「海天感舊錄」有四篇以戴笠將軍爲主題；兩篇記述山西省辛亥年的光復和淪共前的五百完人殉難；一篇說西安事變時的掌故；兩篇講抗日戰爭時的幾個故事；兩篇談到反共鬪爭和太行山上「打游擊」；最後兩篇乃他在北伐、抗日和反共那幾次戰爭的個人經歷。除了辛亥革命他因年幼未能參加外，他幾無役不與。這十五篇文章各有其本身的特質，却又互相關聯，雖可分開來瀏覽，但如能一口氣讀下去，我們便可以看見這位愛國志士一生奮鬪的全貌。

這部書所記載的史料，有許多是在普通書報上讀不到的。即以戴笠將軍而言：我看了家才對他的描寫，才知道他對抗戰有很多功績；尤其是他與美軍情報機關的合作和在敵僞後方的種種佈置。他與周佛海輩的聯絡及在日軍投降前後的軍事部署，更是値得大書特書而應加以表揚的。我以前和一般人差不多，不太明白戴氏「特工」的性質，而且還有不少的誤解。我讀了家才這書，才知道戴氏的深謀遠慮和公忠體國。

此書所敍述的有關山西的兩章，不但使國人明白山西對於中華民國肇造時期的貢獻，而且也使讀者敬佩山西人反抗毛共入侵晉土的犧牲精神。家才便成了他桑梓之邦一位最有力量的發言人。他又在好幾篇文章中，說到他的幾位同學如何爲國出力、如何爲黨盡忠，娓娓道來，如數家珍。他雖在求學時遭過共產黨的迫害，離校後復因工作關係而受過不少委曲；但他對母校和同學，只有愛護、沒有怨尤。這是不可多得的。

上面所提到的我和他初次會面，他對我們兩個青年的邂逅相逢，便有如下的生動敍述：「在廣州的東山，中央黨部有一個英文通訊社，向國外發佈英文稿子。主持這個機構的有山東何仙槎、察哈爾童秀明和河北李貫英……我在那裏遇見湖南賴景瑚。賴先生短小精幹，態度非常積極。他擔任黃埔高級班的教官，穿着一套呢軍裝、皮幫腿、頂有精神。」我那時從美國留學歸來不久，正以青年人的熱忱及傻勁，加入國民革命的行列。

黃埔軍校為應前方需要，特在後方辦無線電高級班。班主任是曾在美國研究無線電工程的李範一。他請我辭去中央組織部的職務，去教有關機械工程的課程。李熙謀、曹仲淵和莊智煥等，同為此班的教官。我們遴選軍校各期畢業生之愛好數理者五六十人，來班受訓。我們為求交通及購置器材的便利，授課不在校本部，而在廣州市天字碼頭附近的一個大廈。學生受訓完畢，立即派往前方部隊服務。此乃中國第一次在軍隊裏以無線電傳達命令、交換情報。我們因而幫助了前方戰事的勝利；但也有十多位同學為國捐軀。

家才那時剛從山西秘密來粵，考入軍校第六期入伍生部。他和我的年齡相差不遠，志趣很接近、復同感共產黨危害祖國生存的大威脅。我們第一次相見，便覺得兩人談話很投機。他在那書同一章內，又寫：「他（指筆者）告訴我高級班有一位第四期同學，叫做葉維，四川人，原先是孫文主義學會的重要幹部，同共產黨是死對頭。他因孫文主義學會解散，勢力孤單，在高級班孤軍奮鬪、鬪不過共產黨，終於前幾天被趕出高級班。我才知道不只我們第六期同學受共產黨壓迫，連高級班也不例外。」

葉維是我在高級班的得意門生。他成績優異，敦品勵行，而且熱情洋溢，大義凜然。他那種對共產黨深惡痛絕的神氣，現在事隔四十多年，我還記得很清楚。北伐成功以後，他常到我的南京寓所，和我暢談救國大計。他始終認爲共患是中國最可怕而最需要全國一致對付的。他一再促我要在中央不斷的喚起當權人的警覺。他眞是一位有遠見、有志氣的純潔青年。可惜天不假年；他在七七事變以前，便在四川原籍病逝。這不能不說是國家的一個損失。

家才過去還曾出版「關山煙塵記」，也是一部情文并茂的著作。凡讀過他文章的人，都想問：爲甚麼他以從幼就受軍事敎育，及長又爲國事奔走四方的鬬士，旣能下筆萬言，又有那麼好的文筆和那麼多的時間。這當然是由於他的學養和興趣；他復有過人的精力。可是我覺得他的長處，不單在他的文藻，而實在他的爲人。我們在他文章的字裏行間，也可以看出他對國的敬愛，對黨的忠貞，對人的誠懇篤實，對事的大節不奪。這便是許多朋友對他由衷欽佩的原因。

這部「海天感舊錄」，顧名思義，自然是著書人懷念故人，發抒感慨的寫作。然而，我不把它當作普通的「隨筆」或「回憶」一類的文字；因爲，它有血有淚、有骨有肉；旣富有眞摯的情感，復爲翔實的紀錄。因此我覺得我并不是在這裏寫書評或對家才作言過其實的讚頌；我不過說出一點發自心坎的感慨，也表示一點我對老友一種持久不變的友誼。

（一九七五、四、十、臺北）

傳奇機構的傳奇人物

一位早已到了退休年齡的老頭子——他今年元旦過七十生辰——不但沒有退休的意思，而且堅決明朗的表示：他要爲他的美國繼續奮鬪下去；因爲他是美國共產黨和同路人的第一號仇敵，也是美國一切盜匪和其他罪犯所最恐懼的執法者。他便是聯邦調查局 F. B. I 局長胡佛 Edgar G. Hoover。他和以前做過總統的胡佛 Herbert Hcover 是同姓而不同宗。

許多自號自由份子的左派人士，常常嚷着要胡佛辭職。有的說他年紀太老。有的說他任職太久。有的乾脆的指他是「特務頭子」；說他那執法如山的作風，有違民主自由的立國原則。紐約時報甚至還寫一篇社論，勸他不要戀棧權位，應該早一點依法退休。

這位精明幹練，鐵面無私，而且有君子風度的傳奇人物，絲毫不爲那些論調所動搖。他主持 F. B. I. 四十年，制裁了無數凶惡罪犯和共產黨徒，破獲了許多光怪陸離的案件，以及具有國際背景的赤色間諜網。他因而得到歷任總統的信任，又得到廣大民衆的擁護與支持。每當美國舉行大選的時候，總有不少人贊成他出來競選總統。

他當然是永遠不會競選總統的。事實上，他對於實際政治，一點也不感興趣。他不但自己不參加政治活動，就是這個傳奇機構的 F. B. I. 也不讓它捲入政治漩渦。他要使它成為一個超越政治的執法組織。

胡佛究竟是怎樣的人？F. B. I. 究竟是甚麼東西？他有甚麼特殊方法，去對付那些作奸犯科的非犯和賣國賊？他如何能在一個民主國家辦特務，而不違反憲法精神和民主的傳統？他和他所領導的 F. B. I. 何以能在社會上樹立那麼高的信譽？

如果你單看他的外貌，他很像一座銅像，高高的個子，結實的身材，一看便知為好鬥爭而不畏強禦的硬漢。他是一八九五年生在美京的。他幼時曾想做牧師，後來進司法部當信差，晚間到華盛頓大學攻法律。由於他的聰明能幹，他不久便升為調查局長的助理；一九二八年局長因政潮去職；司法部長就叫胡氏接充局長。

他接事的先決條件：第一，他要 F. B. I. 脫離政治關係，不做政治的工具；第二，他只對司法部負責，職員升降，全憑能力和成績。司法部長接受了他的條件，他就立刻把不稱職的人全部解僱；一切照着他的理想，改組機構，羅致幹才。四十年來，F. B. I. 無論辦案子，或執行其他任何職務，都以幹練、誠實、細心、勇敢、犧牲和服務著稱；從來沒有社會上丟臉的新聞或舞弊的案件，牽涉到F. B. I. 的官員。這眞是一個類似奇蹟的紀錄。

胡氏成功的秘訣，就是他會挑選人才，而且有知人善任的本領。他物色人的標準，是品格和教育並重。員司錄取以後，都要經過由他親自指導的嚴格訓練。他要他們一面搜集情報，制裁奸宄，達成國家所賦予的任務；一面潔身自愛，奉公守法，絕對不濫用職權，或做任何超出法律範圍以外的事；甚至乘公家汽車去做自己的私事，也是絕對禁止的。

每一個F. B. I. 的職員，都知道他一犯法就會受懲罰；因為胡佛樹立了極嚴密的監察及檢查制度，使屬員無時不要小心翼翼，戒愼恐懼。即以西方社交上必不可少的飲酒而言：F. B. I. 的人，如有職務在身，就要點滴不嘗；如在休假期中，只可薄飲不能醺醉。他若奉命出差，除非和上司有約在先，必要每二小時用電話報告行踪；他的家人也要隨時知道他在甚麼地方。

早幾年，有一本暢銷書，名叫「F. B. I. 的故事」，是名記者懷德赫所寫的。他把這半世紀來，F. B. I. 如何制裁罪犯去維持法律的尊嚴，如何破獲間諜去保障國家的安全，如何對付共黨去消滅赤化的危機；講的源源本本、頭頭是道。人民讀了這本書，才逐漸了解F. B. I. 在胡佛領導下的工作概況，以及它對國民生活所發生的直接和間接的影響。

這位著名作家具有寫作的技巧、又以正直、忠實，和客觀態度出名。胡佛就以完全信任的心情，讓他在政策和安全考慮的範圍以內，查閱一切F. B. I. 的檔案和其他有關的材料，復讓他提出任何問題，由胡氏及其重要幹部詳盡答覆。這本書後來被好萊塢採用，編成一部極有趣味的電影。

胡佛並不是喜歡自我宣傳的。他認爲要使F. B. I. 成功，不僅要得人民的信任和擁護，而且要他們澈底了解這個龐大機構的組織及運用。他說：要是這樣，人民才明白如何去和他的一萬四千多屬員通力合作，而使F. B. I. 圓滿完成它對國家的神聖任務。

過去希特勒所組織的納粹和現在鐵幕內的所謂「警察國家」，胡氏是深惡痛絕的。甘迺廸總統被刺，華倫委員會認爲F. B. I. 事前沒有叫白宮暗探注意刺客阿斯瓦的爲人，似乎未盡保護總統的職責。胡氏立卽反駁那種指責不公平。他說：「在民主政治下，保護總統的安全，也有合理的限度。如果一逢總統出巡，你就把一切有嫌疑或有神經病的人都關起來，那麼，美國就變爲另外一種國家了」。

最近又有兩次，他那詞鋒銳利的談話，變成美國報紙的頭條新聞。黑人民權運動領袖金馬丁說南方黑人爭民權，沒有得到F. B. I. 的適當保護。胡氏立斥金氏爲最大的說謊者。現任司法部長卡貞巴偶然說F. B. I. 辦案子不免有點炫耀的心理及爭功的趨勢。胡氏公開的聲明那樣的批評不正確。大家都知道金氏是得過諾貝爾和平獎金的；而卡氏正是他的頂頭上司。

他便是這樣一位老氣橫秋的人。他倚老賣老，我行我素，不顧他人攻擊，不怕長官指摘；儘管自由份子說他對共黨太嚴，而對違反民權者過寬。這當然不是事實，而是無的放矢的攻訐。他實在是小心翼翼的管轄他的部屬，限制他們的工作範圍。他早已使F. B. I. 成爲超越政治關係和行政系統的獨立組織，決不讓它偏袒那一邊或有一點秘密警察的形跡。可是他一再很堅定的表示：近年美國許多大學的怪異學潮，各地民權運動的不守常軌，都是共產黨發縱指示，興風作浪的。

每天成千成萬的遊客，包括不少學齡兒童，跑到美京F. B. I. 總部的辦公樓房，穿來穿去看他們如何打指紋，如何用槍法，又從所放映的電影和電視上，看他們如何運用嚴密的偵察，和有效的制裁，去對付各類盜匪及赤色間諜。胡佛便是這樣建立了他和人民的公共關係，也使人民澈底了解而又同情他的智慧，才能、決心，及其公忠體國的精神。筆者曾爲要寫這篇文章而到那裏參觀過一天。

詹森總統和他以前的六位總統，柯立奇、胡佛、羅斯福、杜魯門、艾森豪、甘迺廸，都一樣的對胡氏信任有加，而且都很敬佩他的人格和能力。當今年年初左派份子壓迫胡氏退休的時候，詹森說：「我做一天總統，胡氏便做一天F. B. I. 的首長」。胡氏也說：「我一向精神很好，現在更健康。我一退休，我的身體便會出毛病；因爲我有時休假三四天，我便感覺不適，就叫辦公室把公事送到家裏來處理。我實在過不慣坐搖椅的生活」。

這位一生不結婚的F. B. I. 首長，家住美京西北一所很舒適的舊式房子。一個跟他十多年的僕人，替他管家做飯。他每早七時起床，先聽重要電話，隨後就吃一頓豐富的早餐，八時離家赴辦公室，有時他的副手托爾孫，和他一邊步行一邊談公事。他還有十個副主任和兩個助理。大家一致叫他爲「老總」。他中午必到「五月花」旅館吃簡單的午飯，再到總部辦公至七時，晚上就在家中讀書、誦詩、看電視。他只看不用心思的滑稽節目，從來不欣賞偵探故事。

八年前，胡佛寫了一本三百五十多頁的書，名叫「欺詐的元兇」。它是揭破共產黨陰謀，「理論和事實兼顧」的著作。它一出版就成爲普遍歡迎的暢銷書，現已發行了二十多版。

他在那部書裏，詳盡而懇切的告訴美國人誰是他們的仇敵，澈頭澈尾的解述共產主義的起因、歷史、理論的基礎，和蘇聯革命的演變。他又提出許多業經證明的事實，說明共產黨的種種陰謀，以及它誘惑民衆的方法和滲透社團的策略。他最後極力喚醒秉性天眞的美國人，要對這種窮凶極惡的仇敵，提起最高的警覺。

遠在一九一九年，當他還只二十多歲的時候，他就蒐集馬克斯、列寧那班人的書籍，和第三國際的宣言，決議，及一切有關文件，細心的分析，透澈的研究。他送給那時司法部長的報告書，便作了如下的結論：「這一類的理論，足以威脅家庭的存在，社會的安全，人類的幸福。還可以進一步的破壞一個國家的和平，使它陷入一種不可想像的無政府、無法律、無道德的狀況」。

現在，他仍然深信他在一九一九年所作的結論是完全正確的。他又說：「這四十多年的世局變遷，更可證明共產主義是我們這個時代的最大威脅。它已經震撼了人類文明的基礎。那班共產黨徒，如果不把全世界置於斧頭鐮刀旗幟之下，他們的國際共產革命，是絕對不會停止的」。

照他的觀察，共產主義不僅是一種經濟的、政治的、社會的、哲學的理論；而且是一種生活方式，一種虛僞的、詭辯的、崇尙物質的「宗敎」。在共產制度下，一個人會完全失掉宗敎的信仰，自由的傳統，以及他發自天性的敬愛，公正，和仁慈。換句話說，他就變成了二十世紀的奴隸。現在被禁錮於鐵幕國家的人民，便是這樣生活的。

美國共產黨一九一九年開始的時候，只是一小撮沒有甚麼組織的妄人，現在却已變成一個終日企圖推翻美國政府的革命集團。照胡佛的觀察，他們處心集慮，用盡陰謀詭計，就是要把蘇聯模型的生活方式和獨裁制度移植於美國人的社會，使他們完全忘記民主習慣和自由傳統，使他們泯滅理智，抹煞情感，成爲唯命是聽的機器人——沒有靈魂的行屍走肉。

正同虔誠的傳敎師一樣，胡佛苦口婆心的大聲疾呼，要美國人澈底了解共產主義的毒害，明白共產黨徒的陰險凶惡。他要美國人不可感情衝動的去反對他們，而是需要冷靜的認識他們，勇敢的面對他們，澈底的消滅他們。

這是胡佛對於美國的最大貢獻——超過他四十年來消除盜匪，制裁間諜的一切功績。美國有了他，美國人才不至醉生夢死，躭於逸樂，重蹈羅馬帝國的滅亡覆轍。自由世界有了他，我們才可以保存這個民主基地，反共先鋒的美國。

（一九六五年九月寫於紐約）

台居隨筆

去秋返臺小住。故人的話舊，新交的「識荆」，親友門生的熱情款待，使我忘記了離美前割治宿疾的痛苦，和到臺後環境、時間及氣候的變遷。好像眼一幌就過了半年多。臨行我在機場和友人握別，依依不捨的登上了飛越太平洋的航機，口裏還唸着：「請珍重啊！我不久會再回來的。」

初抵臺北的時候，培堯先生就要我爲中外雜誌寫文章。我說：「旅途忙亂，手中沒有參考資料，寫不出好文章。」他說：「爲甚麼不寫一點對臺北的觀感呢？」我想寫觀感也不是很容易的事。祖國的繁榮昌盛和寶島的美麗動人，中外作家早有連篇累牘的敍述。我怎能寫出來而不至被人譏爲「千篇一律，人云亦云」？

回到紐約寓所，想起培堯先生的叮囑，總覺得我對他負了一筆「文債」；所以拿起筆來，隨心所欲的寫下這若干條「東鱗西爪」。因爲這些「拉雜」寫成的東西，不能算爲有系統的文章，就稱它爲「臺居隨筆」吧！

人人愛看電視連續劇

由於生活水準的提高，中產以上的人家，幾乎家家戶戶有電視機；大多數還是本地精工製造的彩色機。許多人都覺得：與其去戲院看電影，不如在家裏看電視；而且，去戲院排隊搶購戲票，遠不如坐在自己沙發上，邊吃點心，邊看螢幕上的節目，來得舒暢，而又適合一家團聚的情調。

三個規模宏大的電視公司，便是這樣應運而生。大小企業既要利用電視廣告的宣傳，去推銷它們的貨品，電視公司也要依靠大小企業的「光顧」去發展自身的業務。兩方相互利用，電視節目自然就成爲那三大公司業務競爭的重要武器。誰有好的節目，誰便可以吸引較多的觀衆，也就是吸引較多的廣告。

看電視的人，一部份喜聽新聞報導，一部份愛看歌舞表演或抽獎競賽。最受男女老少一致歡迎的，莫過於講中國故事而又雅俗共賞的連續劇。每晚八時，三個公司各有一齣連續劇上場。我在餐館用餐，常常看見很多人不終席就趕回家去看他們所喜悅的連續劇。

我如在友人家裏吃晚飯，則見一家老小，手裏拿着碗筷，大家圍繞電視機，目不轉睛的注視今日接上昨日的同一節目；好像着了迷或受了催眠術似的。我初到臺北的時候，只聽見人家興高彩烈的大談「包青天」和「保鏢」一類的連續劇。後來，我也跟隨大家去看當時每天放映一小時的「一代紅顏」，果然趣味盎然，引人入勝，也一樣的每晚按時欣賞，不可一日或缺。

「一代紅顏」敍述淸初士人冒辟疆和秦淮美女董小婉的戀愛故事，涉及多爾袞，洪承疇，錢牧之和順治母子等風雲人物；不但劇情哀感頑艷，纏綿悱惻；且亦反映出淸室宮廷的黑暗，及明末志士的慷慨激昂。它雖因偏重才子佳人的談情說愛，而致與歷史的事實不盡符合；但若就戲言戲，它實可稱爲不可多得的成功作品。

等到小婉殉情，順治出家，此連續劇不得不告結束的時候，觀衆已看了四十多晚，總還覺得餘與未盡，認爲它應該繼續再演下去，頗有曲已終而人不散的意味。我彷彿如看了莎士比亞的「羅蜜奧和柔莉愛」，也覺得餘音繞樑，忽忽如有所失。我以前從來不知道電視有那麼大的魔力。

這說明了電視已成爲現代社會必不可少的東西。這也反映了臺灣同胞安居樂業的生活情趣。

扣人心絃的摯友贈詩

在臺灣的老友比以前凋零，健在的也比以前少接觸。但別後常通音問，一見面又能抵掌談心的，仍然有不少人。其中一位，在電話中和我以「井公」和「景公」互稱，又好和我論古今，評世局；那便是我平日很敬佩的余井塘兄。

許多人平日只知道他是正直無私，大義凜然的君子；很少人知道他還是一位誠懇篤實，熱情洋溢的詩人。我每次海外回來，他必贈我一首情眞意摯的古體詩。他是不管我不善吟詠，而無法和他相唱和的。他這次爲我做的，又用他那美麗的行書寫下來的一首，更是至情流露，扣人心絃。

我把它懸在書齋，朝夕看見，正如和老友晤對一樣。我現在在這裏把它抄錄下來，留作永久紀念。

三年萬事變非常，握手無言感不遑。
老厭亂多歸作客，迎當病後淚盈眶。
看來笑語今如昔，奇絕筋骸顯更強。
應喜蓬萊居卜定，江湖從此樂相忘。

小市民也有新住宅了

臺灣的安定，繁榮和進步，可從蓬蓬勃勃的建築事業看得出來。我們不但到處看見摩天樓式的高樓大厦，而且報紙上登滿招購華貴公寓的廣告。房價地價的高昂，比之美國大城市，亦有過之而無不及。我們初到臺灣的人，聽了那些數目字，一面目瞪口呆，一面想要問小市民如何買得起。

然而，買的人聽說還是很多。這可以反映出一般市民的富庶。可是，富庶的人，究竟是全體市民的少數。比較進步的國家，多在建造價值低廉的平民住宅，去替人民解決居住的問題。臺灣當局現已開始注意這件事，並且已有幾百個簡單適用的房屋攤賣給小市民了。這是值得稱頌，又值得眩耀的德政。

當然，臺灣縣市那麼多，人口那麼擁擠，這樣「杯水車薪」的補救是不夠的。據內政部的報告，政府從本年七月起，將於五年內興建國民住宅九萬二千二百戶，共需資金一七七億臺幣，由中央和地方分擔。這眞是小市民的福音。這才比「高等」市民所享受的「高等」樓房，還要更有價值，更有意義。

水餃和小米粥的情調

到臺北的次日，便和跛翁及崇老驅車郊外，訪問在五峯山下過半隱居生活的紹棣。三載濶別，一見面反不知滿肚子的話從何說起。

他以水餃、小米粥相餉。他說宋時錢穆父以白飯一盂，白蘿蔔一碟，白湯一盞，稱曰皛飯，款待蘇東坡。他又說他今天也想把我們當作蘇東坡，「聊自解嘲」。

紹棣是一位感情豐富，才思敏捷的詩人。他那天和我們同有非言可喻的感觸。我們告辭以後，他就寫了這樣的一首詩：

垂老念契闊，寂寞思友生。各爲世事累，長如參與商。每詠停雲句，忽忽增悒傷。今晨百鳥噪，有朋自遠方。衡門聞剝啄，倒屣自迎將。賴子與余桂，聯袂入我堂。慇懃未及展，滿室生輝光。咖啡良苦澀，謂若飲瓊漿。亦有龍井茶，氤氳鬱芬芳。談言無次序，縱論遂汪洋，譬如在黌舍，無師發稱狂。清晨至停午，漸覺轉飢腸。薄粥熬小米，水餃雜素肪。畠飯雖云薄，情洽視鼎烹。三旬九食士，食薺如食羊。因念飢餓民，亦憐酒肉場。世變殊未已，良會安可常。願各寶體素，時聞德音臧。

使人永恆懷念的寒老

那位突因心臟病復發而溘然仙逝的梁寒操先生，是一位眞正做到「淡泊以明志，寧靜以致遠」的高士。他好學深思，沈默寡言，外表上還有一點落落寡合的神態。可是你如和他稍接近或和他談時論政，便會發現他直率，坦白，愛國家，愛人羣，而且富有正義感和人情味。我與他相別三年，這次一見面，他和過去一樣的不多說話，也沒有一般人久別重逢的表情。

我問他近來是否還好寫字。我又說「你在大陸送給我的墨寶，我都因歷次播遷而遺失了」。當時我因旅居生活不安定，并沒有要求他再爲我寫字留念。

第二天我忽然接了他寄來的一幅清雅絕倫的條軸。那條軸上的一首詩，顯然是他昨晚寫成的。他的詞藻的清新和書法的秀麗，任何人看了都會為之心折。我自然要把它永遠珍藏。

這首申言我們友誼的七言詩，有「才華豈在圖榮利，器識原期致治平」兩句，最使我有「知遇」之感；因為我知道寒老從不肯對人作過度獎溢之詞，而這兩句又能說出一個人在壯年時期的志趣和抱負。

過了幾天，他邀我和內子及小女到他家裏吃雞粥；又請了幾位老友作陪。他在席間還和我們談笑風生。誰都不會料想他不出旬日，便撒手塵寰，魂歸天國了。識與不識聽了這個噩耗，不但是如晴天霹靂，而且，也都慨歎胡天不弔，竟讓我們失去這樣一個不可多得的才子。

我在他的追思會中，讀了不少輓詞。可是，我認為余井塘兄所書的「人如其詩其書，卓爾不羣貞且曠；事多同哀同樂，追懷舊友感何深。」最洽當，最能表達大家對寒老的悼念。

寒暄多喜問「貴庚」

人和人見面，總要說幾句寒暄話。有的講天氣。有的問健康。關心時局的談談報紙上的新聞。只有在臺灣，許多人一碰頭，就喜問「貴庚」。

問過「貴庚」後，大家又好把年齡對較一番；不是說「我比你大幾歲」，就是說「你比我顯得年輕」。還有人要把「十二肖」比一比：「你屬狗」「我屬鷄」，講過不休；自己也不知道他們和那些禽獸的名稱有甚麼關聯。

我看見他們互問貴庚以後，幷不覺得怎樣快樂。年輕小伙子每每怕人以爲他一輩子長不大，心裏有點不服氣，有時還要故意說大一點，裝出少年老成的樣子。

女人只想永遠年青貌美，最怕別人問年齡。西洋社會早已認爲一切女人所報的年齡都是靠不住的。講禮貌的男人也便不隨意對女人問「貴庚」。

年紀老一點的人，總望人家說他不老，但又望對方比他老幾歲。這種近乎變態心理的對白，常常會使旁聽者覺得很滑稽；雖然說的人幷不以爲自己不合理。

事實上，「發憤忘食，樂已忘憂，不知老之將至」，孔子二千多年前便已說得很清楚，也很有意義。那種「不知老之將至」的人生哲學，眞可使人心情愉快，精神舒暢，也更使人能在事業上及學問上努力加鞭，根本不至被那年齡觀念所困擾。

尤其是接近夕陽時期的老年人，大可不必把年齡放在心上，掛在口上；因爲一個人越談年齡，越會感覺到生命的短促和來日的無多。人家的年紀比你大或比你小，都無關宏旨，也和你的壽命無關聯；不如在這時候注重自己的健康，保持豁達的人生觀，還可以增進生活的興趣和精神的愉快。

敢對衰老挑戰的壯士

我們有「人生七十古來稀」一句老話。可是，在臺灣七十以上的老人，到處可以遇見。所以，「人生七十不希奇」這句使人興奮的新語，乃能應運而生，而且不是宣傳的口號，而是有目共覩的事實。

高齡已達九五的楊子惠（森）將軍，身體健壯，精神矍鑠，步履矯捷，耳聰目明，望之不過四五十歲。聽說他每年還和年輕的人作爬山競賽。我曾問他養生的秘訣。他講他每日所過的是平淡無奇的生活，人人可以做得到，只要身體力行，一定延年益壽。

他深信一個「動」字。那便是說，一個人必須要「動」，而不可停留在「靜止」狀況上。所以，他每日必散步，必作柔軟操及其他體育活動。當然，營養平衡和飲食有節制，也是他很重視的。這和我平日勸人「少吃多動」，可以說是不謀而合。

培堯先生最近轉來楊將軍親書以贈我的一聯：「至人心若鏡、壯士氣如虹」。我於深感他的盛意之餘，自信已發現了他健康長壽的秘訣；因爲我從這兩句聯語便知道他有至人的胸襟，又有壯士的氣概；因而他便享受了今日這樣豐富的收獲，又證實了「仁者壽」的古諺。

彌足珍貴的師生之誼

在臺灣，老友深交之外，最足珍貴，又最使我衷心欣慰的，莫過於我的學生對於我所表示的親切和敬愛。我離開了我在抗戰時期所主持的西北大學和西北工學院，已有三十多年，而我每次一回臺灣，兩校校友見了我，就和見了家人骨肉一樣。他們大多數雖達半百之年，但都視我如家長；論世局，話家常，眞誠坦白，侃侃而談；親兄弟亦不過如是。

我到臺北不久，西北工學院校友會就假中心餐廳舉行歡迎會，并贈我一精緻之銀盤。盤上還刋有如下的序文：『國立西北工學院集北洋工學院、北平大學工學院、東北大學工學院暨焦作工學院之同學，成立於抗戰初期，設校於陝西城固古路壩。時國步維艱，民情激奮。同學心多浮動，學潮突起。部份同學出走四川，校務停頓。師於危難之秋，毅然受命來長本院。接事之日，勉以安定求學，團結求勝。同學頓有所悟，幡然勤讀。於是絃歌不絕，校譽日隆。受業等獻身社會，能稍有成就，皆師之賜也。近年來，師於聯合國退休後，執筆撰文，分析國際局勢，見微知著，爲自由論壇之導師。民國六十三年十二月十四日與師再聚於臺北，特獻蕪詞，以爲師頌，以爲師壽：

文章華國，道德儒宗。長校西北，化育春風。勤以教學，訓作良工。師恩永誌，孺愛無窮。』

今年五月，我檢東行裝準備離臺，西北大學校友會特在悅賓樓聚餐，並送我臺產大理石盤。盤上刋有『景公校長教澤獻詞（中華民國六十四年五月六日國立西北大學校友會全體校友敬獻）

黃河禹甸，歲紀五千。東夷入寇，學府播遷。公長西大，荆棘當前。片言止汐，力墾書田。儒宗孔孟，道濟人天。春風化雨，才育百年。遊踪萬里，遍涉名川。曠觀世局，燭照機先。閎中肆外，有筆如椽。高山仰止，晉獻斯篇。』

我辦學校和我幹其他的工作一樣，只知道盡心盡力的把我責任以內的事做好；以求對得起國家，對得起我的學生。我的學生能在社會上建功立業，出人頭地；我已心滿意足。他們今日還對我如此愛護，如此親切；我於衷心銘感之餘，不得不認爲這是從事教育者最高的報酬，最大的安慰。

（一九七五、十、十二、紐約）

富強而不康樂的美國

無論美國今春怎樣遭受了東南亞的打擊，無論它現在怎樣繼續受着國際共產黨的詐騙和迫害；我們不能否認它依然是既富且強的超級強權，依然是有實力、有資格來領導自由世界者。可是，我們過去稱它「富強」，必也頌它「康樂」；現則我們實在不能把它和「富強康樂」四個字連起來；因爲它的社會既不健康，它的人民也不快樂。

若干年來，它一再誤於政客官僚的顢頇低能和自由份子的興風作浪，乃致在政治上、經濟上、外交上、軍事上、及教育文化各方面，幾乎無往而不失敗；不但它自己已成爲千瘡百孔、危機四伏的國家，而且所有和它做朋友的，雖都得了它的幫助，但也都受了它的牽累。它又友敵不分，是非莫辨；友人常常被它遺棄，敵人反變爲它尋求和解或想與合作的對象。這不能不說是人類行爲中一個不可理解的現象。

最使人感覺悲觀的：就是美國人到了今天這個危急存亡的時候，還是沒有澈底憬悟的徵象。大多數人懵懵然不知危機之所在，仍然過着自我滿足或醉生夢死的生活。少數有心人也許心裏明白國家百病叢生，但又諱疾忌醫，不肯承認自己的弱點，不肯相信敵人的優勢，總以爲美國富甲天下，強足凌人，正與我們所謂「知己知彼」的道理，背道而馳。這便是今日美國盛極而衰，日漸式微的根本原因。

筆者講它百病叢生，不要說甚麼涉及政治、經濟、軍事或外交那些影響深遠的複雜問題；就把這幾週同在加利福尼亞州發生的三件奇案而言，便可證明我非杞人憂天，亦非危詞聳聽。我們有「見微知著」的古諺；事實上，這裏沒有「微」和「著」的區別，一切是鐵一般的事實，擺在我們的眼前。

一個國家的元首，在十七天以內，前後兩次險遭不測；誰都知道這是很嚴重的事。尤其是這個國家既不在戰爭時期，這個總統也不是人民厭惡的暴君，而這兩個謀殺福特的女兇手，又絕對不是荊軻聶政一類任俠尚義的典型。在民主自由的美國，人民如認總統失職或無能，至多下次不再選舉他，何至於那麼恨他而去要他的性命。到現在爲止，官方報告不是說她二人有神經病，就是說她們思想左傾，曾和過激份子有往來。兩說都不無理由，而第二說更值得特別重視。

這兩件謀殺案已夠使人震驚。想不到，又在這個時候，那個被「共生解放軍」綁架而失踪十九閱月的報業鉅子赫斯特女兒派翠西亞，忽然被聯邦調查局發現而逮捕了。由於她在綁架中既對強盜屈服，復加入匪幫去搶刼銀行，且敢在錄音帶上痛罵父母爲富不仁；又由於聯邦調查局動員了三千偵緝人員，耗費了五百萬元經費，一年多還找不出她的踪跡；這事早已轟傳了全世界，現在更成爲各國大衆傳播的封面消息。

照常理言，她此時脫離盜匪魔掌，應該和她的父母一樣的感覺開心。可是，她在法庭塡寫她的職業爲「城市游擊隊」，又對她的朋友說她不願回去做「家庭的俘虜」。她難道眞的被「共生軍」洗腦，竟到了不可救藥的地步？難道她的律師說她過了一年多虛幻世界的恐怖生活，完全是欺騙世人的幌子？檢察官既已對她提出控訴，她只有聽候法庭的最後裁判了。

這三件不可思議的案子，都在一個月內，連續發生於加州。加州是以美麗著稱於全世界的。我們當這秋高氣爽的時候，正好在這裏享受和煦的氣候，欣賞動人的風景，再加上一般人收入之豐富，環境之優越，生活水準之高超，簡直使外來人歎爲人間仙境。

今日大家心裏大惑不解的，就是何以這三件案子的主角，全是在這山明水秀的加州生長，也是在這裏闖下了滔天大禍。這是不是近年自由份子倡導婦女解放運動的一個後果呢？那兩個名叫弗勞民和摩爾的女刺客，也許是由家庭背景欠佳、又和匪類爲伍，乃致思想左傾，走入邪道；這是在男性青年中也經常發現的。

可是赫斯特那個年方二十的少女，却是身受大學教育，家有億萬財富的「千金小姐」；爲甚麼她一被盜匪俘虜，竟向他們投降，幷和他們同流合污，殺人放火、無所不爲。這眞是駭人聽聞的怪事。這也反映出這個國家「美麗」和「醜惡」的強烈對照。

這幾個青年女子的墮落，有人歸罪於家庭，有人歸罪於社會。事實上，這是整個國家日趨潰爛的一個最可痛心的現象。若干年來，美國青年受人誘惑、供人利用，不是藉口「前進」，就是侈言「革命」，由不滿意現狀而要推翻一切原已存在的固有價值和憲章文物。教育既尚自由，家庭又多破裂，宗教復喪失了傳統的權威和吸引力。青少年不知道做人的道理，更沒有父母和教師的明智的領導，乃致一入社會，便走進了馬克斯主義者到處佈置的陷阱。

豈僅加州這三個女犯如此威脅社會，危害國家；我們每天看報紙、聽廣播，幾乎無時不和這類兇殺事件接觸。那班膽大妄為的暴徒，又多為二三十歲或未成年的青年男女。他們除一部份吸毒、酗酒、或神經反常外，又差不多都染一點紅色，都喜用反帝、反資、反現狀的共產黨術語。

我們如要研究那些犯罪的根源，便可發現那班青年知識幼稚、思路混淆、根本沒有理想可言。他們儘管叫的是革命的口號，做的全是縱慾、謀財、打家刼舍、男盜女娼的勾當。他們有精力、有膽量，一部份還有富裕的父母；但是沒有道德的觀念。人生的意向和追求的目標，也談不上政治或宗教的信仰。他們更不知有人牽着他們的鼻子瞎闖，叫他們破壞社會的組織和秩序。

國際共產黨能在美國如此猖狂，而不被人看出他們的猙獰面目；這當然是由於他們的奸巧狡惡；這也反映出美國病狀的嚴重。美國本有相當規模的情報機構和司法制度。但因社會習於安樂，人民秉性又太天眞，乃致法律幾成具文。官員復因自私自利和競爭選擧的患得患失，缺乏執法如山的勇氣。我們治亂世、用重典。他們治亂事、用輕刑；甚至連許多國家都已通用的死刑，都不敢用以對付殺人不眨眼的盜匪。這便是可能動搖國本的「婦人之仁」。

美國一向喜歡炫耀財富，又迷信金錢可以解決一切國際及國內的問題。但自能源發生危機以後，阿拉伯國家發橫財，美國也和西歐及日本一樣的受打擊，久已不再自詡富甲天下了。素稱世界金融中心的紐約，至今尚在財政破產的邊緣。而加州這幾樁案件又反映出一般青年對財富及物質生活的反感。這復證明金錢并非萬能；國家和個人一樣，必須有靈魂，才能繼續生存。

我不是說美國人失掉了靈魂；而只覺得他們正如嬌生慣養的富家子弟，現在看見家道逐漸中落，兒孫又不爭氣，既無可信賴的朋友，復有伺機襲擊的敵人。他們眞是徬徨歧路，莫知所之，時時現出迷惘困惑，六神無主的樣子。

由於東南亞的慘敗，又由於水門事件的荒謬絕倫，他們對官僚政客，對民主制度，甚至對國家的價值和家族的光榮，好像都失去了信心似的。除了上面所提的那些可怕的罪案外，他們又面對着幾乎無法遏止的通貨膨脹和失業增加。層出不窮的罷工，又使物價不斷的跟着工資高漲。教師可以爲爭薪而罷課，警察可以爲爭薪而罷崗。辦報的人可以隨意顚倒是非。做大衆傳播者可以公然誨淫誨盜。這還成甚麼世界，可是，美國人似乎司空見慣，連對此加州三大案，也只慨歎一番，就不再去尋求因果和對策了。

國際共產黨一心一意要把民主最後希望的美國消滅，早已是萬目共覩的事實。他們決不單靠軍事進攻。他們最有效力的武器，莫過於爲虎作倀的美共及自由份子。這些第五縱隊都從它的內部，去痲醉青年，去動搖人心，去破壞社會組織，去摧毀國家基礎。這正是他們在美國朝夕不停的推進的。

我們有「落葉知秋」一句話。美國人看了加州這三案及其他許多矛盾和暴亂，應該曉得葉已落了，難道沒有「知秋」之明嗎？

（一九七五、十、三、紐約）

英帝的沒落

英國，那個過了時，褪了色的老牌帝國主義者，早已失掉了它這一兩百年稱霸世界的威風，早已把它的軍事力量從蘇彝士運河以東，退到日落西山的本土。

我們中國人以前稱它的本土爲英倫三島。那就是英格蘭、蘇格蘭和愛爾蘭。現在英格蘭雖仍爲英國政治的樞紐，但已不是政治的重心。蘇格蘭雖在表面上不再和王室唱反調，但始終免不了貌合神離的樣子。愛爾蘭不但南愛二十六郡，五十多年前便已脫離英國，而且北愛六郡，正是現在愛爾蘭共和軍反抗英國的暴亂中心。

今天，就是這個縮小了範圍的老大帝國，也爲着生產、能源、罷工、物價和通貨膨脹等等問題，弄得頭昏眼花手忙脚亂；好像它那豐富的經驗，深遠的計謀，冷靜的頭腦，和裝腔作勢的紳士派頭，都已消失的一乾二淨。這是一個多麼悲慘的現象。

最近幾年，我到過幾次英國，遊覽過若干大小城市。倫敦依然還是車水馬龍，熙來攘往的熱鬧京都，也有百看不厭的名勝古蹟。白金漢王宮前面，仍有一隊一隊身着鮮艷戎裝的警衞軍。他們的峨冠、紅服、金刀和駿馬，以及他們煊赫、嚴肅，而又整齊的步伐，還可使遊客看見當日大英帝國的流風遺韻。

很可憐憫的，就是除了這些流風遺韻外，它幷沒有甚麼值得驕傲的寶藏，也沒有甚麼值得嚮往的遠景。它那廣佈全球的殖民地已經沒有了。它從殖民地所榨取的財富也跟着消失了。我在旅遊中偶和當地人閒談，年老的憧憬過去的光輝，年輕的幾乎一致覺得前途黯淡，一心只想到海外去找工作。

他們無論老幼，都歎今非昔比，將來也看不見光明。自二次世界大戰結束以來，英國人移居美國及舊英屬地加拿大、澳洲和紐西蘭等地的，年有增加。身懷一技之長而感謀生不易的如醫生、教師、科學家和工技人員，更是不計其數的外流。這當然是國家很大的損失。

然而，百足之蟲，死而不僵。英國依仗它過去所獲得的地位和威風，仍然在國際上保留一點發言的力量。它在聯合國、北約組織和九國共同市場，雖非舉足輕重，但人家都還重視它的意見和決策。尤其是血濃於水的美國人，因一向對英國有自卑感，常常要向英國人「請教」。這是所謂英語世界一個很自然的結合。

英國是搞民主最成功，又是玩政治最有辦法的。可是，這若干年，它的政治的不穩定，常使許多人對它的民主也懷疑。過去的保守黨內閣，在國會佔多數，奚斯首相尚能掌握着重心，度過了很艱苦的四年。但他最後還是因無法解決歷時四月的煤礦罷工而垮臺。

本年三月就繼保守黨而組閣的工黨；總算把那工潮解決了。可是，它在國會不能佔多數，縱有老練圓滑的威爾森當首相，也對付不了當前許多內政、外交和經濟的難題。它在國會裏只比保守黨多四席。威氏以善走軟索著稱，恐怕亦不免有「英雄無用武之地」的感慨。

煤礦罷工的結果，已使生產萎縮，工業衰落，工廠每週只做三天工，收支逆差竟達九十一億美元。這是一九四五以來英國從未遇見過的經濟危機。威氏雖一上臺便把能工問題解決了，但他所付出的代價，便是礦工工資增加百分之卅，已比保守黨所允許的，超過二億三千萬美元。

這當然輾轉促致物價上漲及通貨膨脹。工黨平日所主張的一切資源國營政策，此時必難照着左翼要求而順利進行；至多只能把海港設備及發展工業的土地收爲國有而已。但是這樣脆弱無能的內閣，威氏究可撐持多久，吾人實難逆料。

過去曾使奚斯束手無策的，就是北愛爾蘭繼續不斷的暴亂。那個天主教徒和新教徒的宗教糾紛，一向就具有濃厚的政治色彩，近年被愛爾蘭共和軍所利用，乃一變而爲愛爾蘭人反抗英國統治的流血革命。

所謂愛爾蘭共和軍，早已成爲國際共產黨所滲透的恐怖組織。他們和巴勒斯坦游擊隊一樣，燒殺搶刼、綁票勒索，無所不用其極。他們從不諱言他們的戰術，就是毛澤東式的城市游擊。四五年來，他們在北愛幾個城市屠殺了英軍和無辜市民一千多人。英國當局無論用武力或用談判，都不能得到解決的辦法。

那班搗亂份子，過去只在北愛境內活動，現在已將恐怖擴張到英國各地。倫敦、伯敏罕和曼徹斯特，都有他們的暴行和血跡。連象徵英國民主的國會大廈，也被他們放過火、埋過炸彈。最近，他們變本加厲，不但機場、車站和熱鬧街市，都是他們襲擊的對象，就是每天擠滿遊客的名勝「倫敦塔」。也被他們爆炸過一次，當場死傷孺婦四十多人。

威爾森一上臺，便說他已下和平談判的決心。他要求北愛天主教和新教雙方推選代表，組織憲政會議，商定將來北愛「自治」的程序。他還暗示：只要雙方參加自治政府，英軍可以全部撤退，北愛必可達到完全獨立的目的。

他所建議的憲政會議，是由一個獨立的主席和七十八個代表組成；在過渡期中，英國仍統治北愛，直至憲政制度完全建立爲止。他又提出幾個先決條件，一、一百萬新教徒和五十萬天主教徒共負行政權責；二、新憲法須得英國人民及國會的同意；三、新憲法須承認愛爾蘭的疆域，那就是北愛乃全愛的一部份，南愛是獨立自主的愛爾蘭共和國；四、新憲法須注意北愛經濟是和英國分不開的。

英國於一九二〇硬把愛爾蘭分爲南愛與北愛，無異於「作繭自縛」。它既不能阻止南愛獨立，又不肯讓北愛自治。這半世紀的舉棋不定，便造成了今日北愛的混亂。它四五年來，派遣數以萬計的部隊，去鎭壓愛爾蘭共和軍；不但消耗了二十多億美元，而且得不到一點效果，還增加了北愛人民對英國的憎恨。

威氏新方案提出以後，英國並曾表示今後願視情勢發展而決定如何給予財政、經濟的援助。各方對威氏建議的反應，除愛爾蘭共和軍拒絕接受外，大部份都保持觀望和懷疑的態度。由於過去沒有一個政策，沒有一個政治或軍事的行動，能得全體北愛人民的支持，或使新教徒和天主教徒棄嫌修好，現在要他們相信威氏會成功，自然是很難的事。

可是，雙方政黨領袖並沒有公開反對。新教徒對於「舉行普選」及「北愛仍不脫離英國」那兩點，還有很樂觀的表示。然而，天主教徒就怕憲政會議仍爲新教徒所控制，不會讓他們和新教徒共負行政的權責。同時，新教徒也怕天主教徒靠南愛政府爲後盾，隨時和新教徒爲難。前途荆棘重重。一切要待憲政會議召開以後，才可知道一點眉目。到現在爲止，我們至少看出英國人「沒可奈何」的樣子；他們好像對北愛人說：「我們英國人已無辦法了！你們自己想辦法吧。」

國際共產黨打擊英帝，單把愛亂擴大，還嫌不夠厲害。它要進一步的赤化它的青年，震撼它的社會基礎和國家命脈。這是他們在任何國家準備奪取政權的先驅。英國人常譏美國人浮躁，缺乏經驗，讓青年鬧學潮而不求學問，乃致學風惡劣、學術衰頽。還是不無相當理由的。然而，老奸巨滑的英國人並沒有對自己的青年加以明智的領導。他們也和美國一般青年一樣的墮落而不求上進。有的淪爲荒淫無恥的嬉皮，有的變成爲虎作倀的顚覆份子。

在過去一年當中，它那擁有廿四萬多學生的四十多個大學，便發生過無數次風潮，包括罷課、反抗教師及和警察衝突。上月十五日有一個華威克大學的學生，因參加左右派毆鬬而喪生。三十九名警察受重傷。幾千學生跑到倫敦去示威。這不過是許多學潮中一個顯著的事件。

全國大學生聯合會通過反法西斯反種族歧視的決議，禁止右派講演，並鼓勵會員破壞那一類的集會。工黨閣員威廉士克人立斥該會侵犯人民言論自由。每日鏡報也指學聯用暴力阻止別人發言。這班赤色大學生動輒駡人是法西斯。他們不但不譴責蘇俄迫害智識份子，而且歌頌蘇俄學生和勞工的團結。他們和大學以外的左翼自由份子，可以說是一鼻孔出氣的。

世界聞名的牛津大學現在也變質了。它的學生最近因向學校有所要求而強佔校舍。他們又敢到紀律委員會唱國際歌，並叫侮辱牛津的口號。學校當局不得不把校園暫時封閉，另一有名的埃克斯大學，也因學生爭津貼而罷課，學校開除二學生竟有校外赤黨阻止食物運進校園，並搗毀了副校長的辦公室。

這個共黨操縱的學聯，又把全國中學生組織起來，去做學聯的應聲蟲。他們主張「一切學校，應由學校內的人管理，那些人不論是教員、技工、廚師、或清潔伕，應享同等發言的民主權利。」國會教育委員會居然叫他們去陳述這些意見。一位老師聽了喟然長歎道：「英國今日的荒謬，已照幾何比例增加了！」

英國人並不是沒有「自知之明」，我們如和他們的知識份子一談，便知上面所提及的若干問題，他們不但比我們看得更清楚，而且還想到許多不可思議的可能。威爾森各讓人民對九國共同市場投票，大概多數是會贊成退出的。但如眞的退出，它的經濟狀態和生活標準，必將每況愈下，因爲它的生產成長率已比其他八國落後。物價每年增加百分之廿，國際貿易的逆差又一年比一年加多。

通貨既已日益膨脹，工人罷工和工資增高，又使物價跟着增長。通貨工資和物價，乃爲螺旋式的繼續上升，永無止境。資方有隨時破產的危險。勞方反責資方只謀自己利益，不顧工人生活。英國的工會，正和它的學聯一樣，多爲心懷叵測的赤黨所滲透。就是工黨所組成的內閣，也無法對付工人的無理要求，更無法協調勞資的衝突，和穩定國家的經濟。

任何人到了山窮水盡的時候就不得不另闢柳暗花明的途徑。英國人此時一下就想到蘇格蘭以北的北海石油。那是從未開發而又近在咫尺的富藏。他們如以全力經營，一九八〇以前便可得到成果。那麼工作就可以加多，工資就可以加高，國家的財富更不知要增進好多倍。可是，那會不會使蘇格蘭因爭利潤而再作分離運動呢？威爾斯如竟起而傚尤，英國如由集權回到分權，會不會演成一發而不可收拾的分裂呢？

風雨飄搖中的工黨內閣，隨時可倒。保守黨也難得到多數人民的擁護。由於上述種種現象及其因素，政治領導好像失去了重心。這個衰老而又虛弱的英帝，還能對抗國際共產黨的陰謀和攻擊嗎？怪不得一個老官員說：「我看不出這個國家有甚麼前途。如我年輕一點，我必移居到別處去！」

（一九七四、七、二十、洛杉機）

民主政治的危機

當這世界輿論一窩蜂的譴責美國外交錯誤和軍事失敗的時候，我們一向對美國有好感的人，很覺得美國人不但「好心無好報」，而且，由於季辛吉的縱橫捭闔，又由於曼斯斐爾特一類政客的講話不負責任，那班有正義感而又熱心幫助別人的大多數美國人，反常常不易使外國人了解，甚至還有不少人受共產黨煽惑，高呼打倒「美帝」的口號。

從二次世界大戰到現在，美國以自由世界的領袖自居。它一面要和國際共產黨週旋，尤其是俄毛那兩個殘暴政權；一面又要援助被國際共產黨侵略的大小國家。它在西歐促成了北約組織和共同市場。它在亞洲還打韓戰和越戰，犧牲了十多萬美國青年的生命，和數以億計的經援和軍援。

有人說這是由於它缺乏領導人才。也有人批評它政策搖擺，見異思遷，乃致友敵不分，是非不明。不管眞正的原因是甚麼，有一個顯明的事實却是大家都看見的。那就是它和敵人對抗也好、談判也好，一有接觸，幾乎時時上當，處處吃虧。它這若干年最大的交往對象是國際共產黨。而它和他們無論是鬬智或鬬力，它好像完全不是他們的敵手。

這一切，都有事實作證明，不能說是對美國苛責；但平心而論，却又不是當前現象的癥結所在。如只拿一點去糾正，恐仍不是搔着癢處，對症下藥。

筆者以一服膺民主政治者，憑我冷眼觀察，不得不很痛心的指出美國今天的毛病，大部份出自美國人所炫耀的，也是不少外國人所艶稱的民主政治。這句話初聽了，必使很多人驚訝，甚至會有人疑爲極左派或極右派的誣衊之言。

事實上由於個人教育及環境的影響，我一向對美式民主有特別親切之感，有時還有點近乎「偏愛」。因此，我對俄毛一類的獨裁暴政，正如我對希特勒的專横和殘酷一樣的深惡痛絕，自然不至違悖人類愛好自由的天性，反於赤禍横流的今日，突然動搖了我對民主的信仰。

然而，民主在今日這個世界，尤其是在國富兵強的美國、的確暴露了無法掩飾的種種缺陷。我們如諱疾忌醫，如只粉飾民主招牌而不顧事實的眞象，那麼，不但美國的民主會如赫魯雪夫所言的被人埋葬，而且，人類的浩刼恐怕就要發生在最近的將來。

單就民主政治的理論來講；我們無法否認民主思想的卓越而能得到愛好自由者的嚮往；民主制度的公正而能符合大多數人民的利益。可是，我這二三十年所看見的美國大變遷，和我在美國社會所經歷的實際生活，使我認識理論和實施之間有相當的距離；也使我懷疑它是否可以導致我們所企求的太平盛世。

美國人過去很誇耀他們民主的成就，恨不得別的國家都能仿效他們的那一整套。自水門醜聞發生以後，他們看見白宮一羣人那麼膽大妄為，而國會及法院都不能予以及時的制裁；立刻覺得他們的民主出了很大的毛病。他們當時所表現的困擾，還曾引起一切傾心民主者的憂慮。

本來，尼克森一手製造了那個不名譽的水門事件。它所引起的政海風波，所關猶小；它所破壞的三權分立制度，却促致了憲法的危機，震撼了立國的根本。一個總統竟敢縱容他的部下作奸犯科；法院不能治他的罪，國會不能去他的職。這難道不是美式民主發生了破綻和紕漏嗎？如果英國首相蒙受這樣的罪名，國會只需投一次不信任票就可把他推倒。何至如美國對尼氏那麼勞師動衆，牽涉了整個大局，損壞了國家的名譽和威信？

尼氏最後雖因違法證據確鑿而致被迫下臺，但國會和法院都已費盡了九牛二虎之力；國家的元氣也不知因此而斲喪了多少。這便說明美英二國同為民主國家，而美式民主還遠不及英式民主的運用靈活而有效率。一般政客曾於尼氏離職之時，鬆了一口氣似的說「美國的民主政治仍然獲得了勝利」。然而，政治學者却說美國經過了這一次考驗，使人更明白它的民主是大有問題的。

也許有人說水門是新出事件；似乎不能「以偏概全」的指它是由民主所引發。可是，我們再看看美國的一般庶政和軍事上及外交上所遭受的挫折，那一件不是因受政治制度的影響而擴大，而至找不出補救的途徑？它如果不是資源豐富，國力充實，恐怕早已步英法的後塵而日趨衰頹了。

上面所提到的三權運用不靈，固爲美式民主的弱點，而總統和國會權力的消長，尤足證明人的因素高過法的因素。尼克森舞文弄法，居然可以無視國會的監督和制裁。福特以一奉公守法的老實人，竟處處受到國會的掣肘，無法行使總統的職權。這次他要撥款援助南越及高棉，乃因國會阻撓，只能坐視高越淪亡而莫能救。

我們看見華盛頓民心那麼麻木，士氣那麼消沉，不得不慨嘆昔日總統「弄權」的烏煙瘴氣，今日國會「把持」的危害安全。美式民主竟使這樣富強的國家，變成了有力量而使用不出來的「紙老虎」。這不能不說是奇異而可悲哀的現象。國際共產黨已在爲美國的沒落而稱快；我們怎能不爲民主的前途而憂心忡忡。

無論季辛吉如何能言善辯，他不能否認他中東政策和東南亞政策的破產。中東如何演變雖難預料，但高越相繼淪亡，不但使中南半島赤化、亞太區各國人人自危，而且，美國威信掃地，它對盟國所作的承諾，所訂的條約，都不再爲別人所尊重。國會事前既聽任季氏玩手段，變魔術，事後復讓他戀棧權位，不惜以國家命運供其一人作孤注。這可以說是他享受了美式民主的保障。

美軍自南越棄甲曳兵而撤退，即已埋下了越南悲劇的禍根。一九七三的巴黎和約又奠定了北越及越共的勝利基礎。季辛吉被美國人稱爲外交「聖手」。事實上，他便是這次慘敗的唯一負責人，因爲他是五、六年來美國國策的決定者。現在國會和人民容許他繼續推行破產的國策，這便是民主政治的失敗。

越南悲劇的演成，總統與國會互相責難。可是，國會拒絕援越，不能說不是遵照民意；因爲大多數人民始終反對美國捲入越戰。國會一再削減國防預算，也不能說不是民意的表現；因爲那班失掉堅強領導的人民，只知道減輕納稅人的擔負，而不顧到共產敵人的軍備競爭。這是民主一個必然的趨勢，也是民主無法對抗獨裁的重要原因。

大多數人民並無辨別是非和認識「智愚賢不肖」的能力。他們享受高度的民主，仍不能不受政黨的控制和政客的操縱。從中央到地方，人民儘管發表意見，儘管想要選好人，可是選舉的結果，每每是與原意背道而馳。萬一選出來的人出了問題，人民也很少有機會去行使他們的罷免權或彈劾權。人民如果要說官吏或民意代表不稱職，那麼他們正是在民主政治下合法產生的。

選舉制度的最高目的就是要使賢者在位，能者在職。這在獨裁專制的國家，固係由於一二在上者的好惡。但在這個以人民爲主體的美國，賢者能者也不見得能在選舉制度下脫穎而出。即以總統一職而言；美國除革命元勛外，只出了林肯、威爾遜、羅斯福幾個傑出的人才。三十幾位總統當中，庸人多而賢人少。各州市首長和各級民意機關更不必說了。

近二三十年，美國的拜金主義盛極一時，選舉又和金錢發生極密切的關係。無論你是甚麼奇才異能，或對國事有甚麼抱負，你如無金錢便沒有資格去競選。我當然不說選舉是靠直接的賄賂。可是，它包羅萬象，五花八門，一切非有金錢不可。加以社會日趨奢侈；政客豪門一擲萬金，毫無吝色。這又輾轉造成舞弊營私，貪贓枉法的惡劣風氣。

尼克森一九七二年獲選連任，用去五千多萬元的競選費。他利用總統權勢，到處募捐；甚至賣官鬻爵或對工商界指名攤派。即當時被他擊敗的民主黨候選人麥高文也用了二千多萬元競選費。至於地方性的選舉無論是州長、市長或各級議員，一競選便需花費數十萬元至數百萬元。通貨膨脹不已，這一類的數字與日俱增。今後美國的政權勢將全部落入有錢人的手裏。美式的民主便成了專爲資本家謀利益的拜金民主。

民主如以金錢爲重心，就不會重視普通人民的意見及其切身的福利；更不能使人民敬愛國家或願爲國家而犧牲小我。這正是今日美國社會的病態。任何人一到美國城市便可一面看到昌盛繁榮的街市，一面感覺到道德的沉淪和治安的不可靠；甚至法律也不能保障生命財產的安全。

美國社會的種種矛盾，國內人司空見慣，不以爲奇；國外人一明白了美國眞象便會懷疑美式民主的功效。他們力倡民權運動，但黑白的歧視和仇恨，到處可以看見。他們高呼言論自由，但言論機構和大衆傳播，都被少數人所掌握。自由份子天天罵人反動和不民主，但他們自身卻乃最反動，最不民主的赤色應聲蟲。勞工領袖一開口就痛斥資本主義，但他們成天煽動罷工，從來不顧到全體人民的生活及整個國家的經濟；他們自身的享受也和資本家一樣。

最使人爲美國前途擔憂的，莫過於教育的放任和青年的墮落。以前，它的教育是世界上比較最完善的。它的青年也很樸實、很勇敢、很有進取的精神。可是，若干年放任教育的結果，竟使學府變成嬉皮及顚覆份子的製造所；青年也變成好亂成性而又反對優良傳統的急先鋒。

這許多和國家命脈有關聯的迫切問題，教育家視若無覩，宗教家束手無策，政客官僚時時忙於競選而無心顧到這一類的事。再加上心懷叵測的「內奸」滲透了社會各階層，隨時醞釀糾紛，到處製造暴亂。一般民衆好像一點也不知道第五縱隊的橫行無忌。羅馬帝國滅亡前的現象，重見今朝。這難道不是民主政治的賜予嗎？

美國既不能用法律去制裁內奸。內奸反可利用美國民主的保障，去做破壞民主的工作。這幾年，美國社會的騷動，無論是反越戰、反兵役、黑白仇恨，或假借任何名義的罷課罷工，幾乎沒有一件不是他們所煽惑。美國以一高度民主而復領導自由世界的國家，竟被他們變爲共產主義的溫床，乃致由民間到國會，都有顚覆份子公然爲敵人張目，以求加速美國的滅亡。這是如何令人痛心的事。

他們既要從內部把美國瓦解，又和蘇俄裏應外合的高唱「談判代替對抗」的「和解」，去削弱它的國防，去影響它的外交，去動搖它的民心士氣。尼克森親蘇聯毛於前，布朗德倡言「東向」於後。不但美國自毁了長城，就是北約組織的軍事同盟和共同市場的經濟合作，也因美國的衰退而離心離德。

如果今後美國不提高警覺，不加強它對內對外的國防；那麼，無論民主理想如何優越，它也無法和國際共產黨對抗；說不定，美國一被他們埋葬，民主也要跟着「壽終正寢」。

我不願侈談民主的理論，因爲從希臘的柏拉圖到美國的哲佛遜，許多賢哲早已把民主思想發揮盡致。我只講我現在所觀察及所經歷的事實，指出美式民主不但非如最近我國一位政論家所說的那麼十全十美，而且，它若不加切實的修正和充實，必難制勝陰險毒辣的國際共產黨。如果有人懷疑我對民主的信心不堅定，我可用邱吉爾一語作答復，也作本文的結束。他說：「民主是世界上最壞的制度。可是到現在爲止，我還找不出一個比它更好的制度」。

（一九七五、五、二五、臺北）

西北行

金敬訥先生是一位好學深思，喜遊名山大川，而復富有生活經驗的作家。他寫完了這部洋洋十餘萬言的「西北行」（臺灣商務印書館出版），以我曾在西北辦過教育，要我爲他的新書寫一篇序文。

我國的西北各省——我們常常簡稱「西北」，乃爲一片廣大無垠的地區。它不但天然寶藏，十分豐富；而且在國防上，佔有極重要的地位。可是，由於我國發展重心，多在沿海一帶，又由於橫貫大陸的東西交通不太方便，我們身居中國內地的人，每每覺得西北很遙遠。民國成立以後，一般人才知道西北和全國政治、經濟及軍事的關聯，才叫出開發西北的口號，商榷開發西北的計劃。

筆者是籍隸福建，生長湖南的所謂南方人；雖於初受教育時，即已習知新疆、青海、陝西、甘肅那些地理名稱；但總認爲我和它們相隔「十萬八千里」，不易對它們發生特殊的興趣。等到我出外留學及入社會做事，才有機會和西北人士接觸，也才逐漸明瞭西北和整個國家，有那麼密切的關係。我便想多讀有關西北的書籍，和有關西北的新聞報導。我很失望的發現我國這一類的資料，實在貧乏得可憐而又可驚。

從一九三九到一九四五的那幾年，乃爲我國抗日戰爭進入最艱苦的一個階段。我受命前後主持國立西北工學院和國立西北大學；遂得在西北邊緣的陝西城固及漢中等地，住了六七年，因而得到不少研究西北問題的實際經驗。我已滿足了青年時期的一點願望。但以職務羈身，又因戰時旅行困難，除陝、甘二省常有我的遊踪外，我和其他各省，雖有文教工作的聯繫，仍然沒有實地觀察的機緣。這是我於一九四六勝利還都時，引爲莫大遺憾的。

我記得一九四三到了戰時首都的重慶，出席中央全會，曾蒙 蔣總裁接見。他對我在西北兼長兩校，慰勉備至。我向他陳述我對西北的觀感，建議中央不但應重視那個地區的政經和國防，而且對於有關西北一切問題的學術研究和探討，都應同時積極推進。他聽了甚爲動容，叫我立刻着手籌備我擬議中的新疆考察，并囑陳布雷先生爲我籌撥相當經費。我便在那年暑假，組成了西北工學院的科學考察團和西北大學的史地考察團。前者由西工教授潘承孝、余謙六等率領，後者由西大教授殷伯熙、黃文弼等率領。他們都在新疆，悉心考察了兩個多月，回來都向中央呈送了很有學術價值的報告書。

現在金先生這部書，我在他寫作進行中，就已陸續閱讀，就曾隨時貢獻蒭蕘。他本來是用「西北五省紀行」作書名的，我覺得爲簡明醒目計，爲使讀者一看書名，便知此書和一般遊記不同計，不如乾脆的叫做「西北行」。這些不太成熟的意見，都被作者一一採納；可見他的虛懷若谷。如果上面所提及的兩校新疆考察報告書，得與金先生此書一倂刋行，必可相得益彰。可惜國家經過這許多年的變亂，那兩校師生所做的兩個報告書，不知現已流到何方了。

然而金先生這部著作，敍述詳盡，文筆清新。內容既甚充實，材料又極正確。我們無論是讀「西北國防重心的甘肅」、「江河發源的青海」、「亞洲政治中心的新疆」、「塞上天府的寧夏」或「西北門戶的綏遠」，都可對任何一省的歷史、地理、政經現狀，和當地人民的生活習慣，瞭如指掌。他也在每一章裏，穿插許多有趣味的描寫，如平日不容易聽見的西北掌故。他娓娓道來，如數家珍；我讀了，幾如跟着他一處一處的遊覽，也就不知不覺的增進了不少有關西北的知識。

「西北行」既非一般旅遊者的普通遊記，亦非一個甚麼機構的考察報告；可以說是一部兼收幷容、包羅萬象、而又有學術價值和時代意義的好書。今當有關西北問題的書報那麼稀少的時候，我們讀了金先生這部書，正如得了我們大西北的一面歷史的鏡子，和一副山川人物的攝影機。

（一九七五、八、十五、紐約。）

一個赤色政權的崩潰

自稱為馬克斯信徒的智利總統阿葉德，掌握了三年政權，破壞了民主傳統，造成了政治和經濟的大紊亂，畢竟被全國軍民合力推翻，最後不得不飲彈自殺。這不但結束了智利一國的赤色恐怖，而且也大大的減輕了拉丁美洲的未來危機。

這次智利反共革命成功的最大意義，就是阿葉德過去是由人民舉出來的，現在是由人民打下去的。過去，人民受左派宣傳的痲醉，居然讓他騙取了總統。現在，人民嘗夠了共產政權的滋味，硬把他從總統座位上拖下來。這是一幕驚心動魄的悲劇，也是今日人類不可多得的一個血的教訓。

我們今天看見阿葉德政權的崩潰，就會回溯到他三年前如何取得他一生所要爭奪的總統寶座。那是他第四次的嘗試。他三次競選失敗以後，曾說：「我如下次再失敗，我仍然要繼續試下去，一直到死爲止；死後還要在墓碑上寫明此乃智利未來總統的安息之所」。本月十一日的軍事政變，推倒了西半球第一個用民主方式選出來的馬克斯政府，也結束了一個馬克斯信徒的癡想和噩夢。

阿氏本來出自資產階級的家庭。他的祖父和父親都是很有錢的人。他雖常叫馬克斯主義的口號，但他始終愛好古董、油畫和威斯忌酒。他在智利大學讀醫科的時候，就因反抗軍閥專政而入獄。他一九三二畢業行醫，便集合左傾青年成立智利社會黨。他一九三七被選爲下院議員，一九三九就任人民陣線政府的衞生部長。他曾在那年大地震的救濟工作上，表現了他的卓越才能。他出版了「智利的社會醫藥問題」，指責資產階級對於貧民衞生狀況的漠視。

從那時起，他已決心放棄醫藥，從事政治鬬爭。他一九四五由下院跳入上院，立即開始總統競選的準備。他一九五二第一次只得百分之六的選票。後來一九五八和一九六四兩次，他的選票略有增進，但仍未能形成一個很大的力量。他在國會曾爲衞生、社會安全及婦女權利等等問題，提出一百多件議案，成爲當時推進社會主義的領袖。他又分別訪問蘇俄、毛共、北韓和北越，並和古巴的卡斯楚有極深厚的友誼。

在一九七〇的普選中，阿葉德和其他兩個候選人，都沒有得到過半數的選票，但是，他的百分之三十六點三，仍然是比較最多的。他於是由國會聯席會議推爲這一屆的總統。他一就職就宣稱：「我們需要新的社會、新的良心、新的道德、新的經濟，更需要既能工作，又能犧牲，並受過嚴格訓練的人民」。

這樣充滿共黨術語的宣示，立卽引起人民的恐慌。他也毫不猶豫的積極推行絕對左傾的社會政策；他把包括銀行、保險和外國投資的工礦企業，一律收歸國有。他又預備實行計劃經濟和土地充公的農業改革。可是他仍口口聲聲的講他不贊成革命和暴力。他說：「由選擧達成的勝利，一定是十分困難的。但是這對智利的國情最爲適合」。

三年以來，智利的人民，固已水深火熱，不可終日；就是阿葉德本人也是成天過着驚濤駭浪的生活。擁阿及反阿的人天天對抗和鬪爭，弄得全國騷動，鷄犬不寧。左派高叫「人民的力量」。保守的黨派要求阿氏自動辭職。一向習於民主政治的一般民衆，幾乎人人都說，與其日受共產份子的迫害，寧願有一個軍政府，去維持法律秩序。這自然是被阿氏逼出來的一種反常的心理。

最近那個曠日持久的卡車大罷工，便是繼着醫生罷工，商人停市和婦女示威的反抗行動而來的。這就證明中產階級對阿葉德的深惡痛絕，已有勞工作後盾，又得廣大羣衆的支持。左派當然硬指那一連串的事件，都是有外國做背景的右派陰謀。

當然，他們所指的外國，就是中南美國家所倚賴，所恐懼的「美帝」。無庸諱言的，美國在那些國家裏，都有鉅量的投資，都有操縱經濟的力量。智利的銅鑛便是從美商手裏由阿氏收歸國有的。美國國際電話電報公司也是智利的財經巨人。它曾於阿氏競選總統時，耗去一百多萬美元，運用中央情報局的關係，想要阻止阿氏的當選。那是這次水門事件所暴露出來的一個尼克森的「罪行」。

智利是南美洲西南，靠着太平洋岸的民主共和國。它是拉丁美洲諸國中實行民主政治比較最成功的。智利人民在阿氏執政以前，差不多個個安居樂業，奉公守法。他們的民主習慣和民主作風，一向是它那些經常發生革命的鄰邦所艷羡的。潔身自愛的軍事首長，都能遵守憲法，置身政治紛爭之外，尤其可作其他拉丁國家的軍人模範。

可是，上面提過，這幾年的智利人民，居然希望有一個軍政府，去對抗阿氏政權的赤色恐怖；眞可以說是其心可哀，其情可憫。而阿氏倒行逆施的結果，也居然激起了三軍和警察首長共同發動的軍事政變。這個政變的後果如何，目前雖難逆料，但是，這一切責任都應歸於阿氏和他的黨羽；這是沒有甚麼疑問的。

本來，在過去三年當中，那班思想保守而又篤信天主教的軍人，雖然早已不同情阿葉德的赤化政策。可是，他們還是以服從政府命令爲軍人的天職，復想盡量保持軍人不干預政治的優良傳統。他們忍氣吞聲的和政府合作；甚至接受阿氏的命令，去鎭壓反阿羣衆的暴亂，不但隨時干涉人民的示威；而且一逢左右派衝突，就鐵面無私的解除兩方面的武裝。

然而阿氏知道他既失民心，又無武力；所以他以全力拉攏原本不肯參與政治的軍人，叫他們入閣，又叫他們幫助他維持秩序。他去年十月便是這樣做過一次，今年八月他乾脆的任命三軍和警察的首長爲部長，去替他撐持那個搖搖欲墜的內閣。他還委派了甘爲傀儡的布拉斯將軍爲陸軍總司令，去消弭了一次可能發生的政變。後來布拉斯被各方攻擊而辭職。國會也通過議案，譴責阿氏不應違反智利憲法，援引軍人入閣。

阿葉德正如玩火焚身一樣的玩弄軍人，而被軍人所傾覆。事實上，任何國家的政權，一被赤黨侵奪，便很不容易被人民收回。此次智利軍人如果不得人民的支持，也難發動這個很成功的政變。而智利人民被赤黨困擾了三年，居然還能恢復他們的自由和獨立，眞是可以在歷史上大書特書的一件事。

有人說阿氏的政客氣味濃厚，心不夠狠，手不夠辣，行動不夠敏捷，所以一敗塗地，竟趕不上毛澤東和卡斯楚那一類惡魔。他表面上似乎是想利用智利原有的民主基礎，以遲緩的步驟，去達成共產革命的目的。他因而使左派對他不忍耐，右派對他更憤怒。他便在左右夾攻之下，造成政治敗壞，經濟破產和社會分裂的一個不可收拾的局面。

阿氏自我解嘲的說明：他過去所參加的人民陣線，不過是在資本主義的左邊，現在他要把資本主義全部變形所得來的演變，進一步的產生一個包括社會黨、共產黨和其他急進份子的組織，共同走向社會主義的道路；說不定，馬克斯所預言的無政府時代，有一天也會來臨。

他又自欺欺人的說：「我們對政治和經濟的改革，無論如何廣泛實施，我們必將尊重基本人權。因爲人權這個東西，不但是政治的，而且是經濟的和社會的」。他又對美國記者說：他永遠不讓外國勢力侵犯智利主權，或建立危害美國的軍事基地。他所指的外國，當然就是蘇俄。可是，蘇俄和他早已發生密切的友誼。就是毛共、卡斯楚及其他共產國家，都和智利建立了外交關係。

美國這個早執南北美洲牛耳的超級強權，自卡斯楚攫奪古巴以後，就已逐漸失去它對拉丁美洲的控制力和影響力。尼克森雖對美國以南的那許多鄰邦，沒有甚麼積極的開明的政策，但爲美國的安全，也爲西半球的安全，他當然不願看見古巴之後，還再出一個和蘇俄或毛共有聯繫的共產政權。

阿葉德過去以馬克斯主義爲號召，自然不受美國的歡迎。阿氏登臺以後，又沒收了美國在智投資的企業而又不賠償損失。這更激動了美國朝野的憤怒。美國雖未作顯明的報復，但國際銀行和美國銀行一致拒絕對智投資或借款，就是美國想要扼殺智國經濟的戰略，和制它死命的武器。

美國在這次政變的前後，一再聲明它不捲入智利的政治糾紛。無論中央情報局有無蛛絲馬跡的嫌疑，它都怕國際共產黨藉題發揮的指出美國是幕後指使人。它雖因阿氏坍臺而興奮，但至今還未給予那個軍政府的外交承認。可是，狄托和卡斯楚早已指着「美帝」痛罵了。

拉丁美洲的鄰邦，除了古巴以外，恐怕沒有一個不對智利這個政變而拍手稱快的。就是墨西哥庇護阿葉德夫人和其他智利左派人物，也不過是故意對美國表示歧異的一種姿態而已。那許多國家自身政治既不清明、經濟亦不穩定，當然不能因智利轉變而消除各國內在的種種矛盾。但是，國際共產黨所賴以赤化西半球的古巴與智利，就如翺翔天空的飛鳥，忽然失掉一個翅膀，自然立刻減少了整個西半球的革命危機。

這個美國早已無法領導的西半球，如能記取今天智利的現實敎訓，便應一面嚴防國際共產黨的陰謀詭計，一面加緊自我的警惕、振作和澈頭澈尾的革新，尤其是要保持民主政治的正軌，消除社會的黑暗，改善人民的生活。

過去，智利人民太天眞了，也太疏忽了。他們竟讓共產黨以民主投票的方式取得政權。總算他們覺悟得很快、團結得很堅，又有除惡務盡的決心，所以一舉而把阿氏的赤色政權摧毁。但如取阿而代的軍政當局，除暴安良之後，不能迅速的恢復憲政，勵行民主，那麼民衆又可能再上惡當，重讓阿氏餘黨死灰復燃。到了那個時候，智利眞會萬刼不復，西半球也更不可救藥了。

智利反共革命的成功，還證明了很重要的一點。那就是共產政權不是銅皮鐵骨，推不倒，打不碎的。他們所最恐懼的仇敵，便是愛自由，重民主，堅強團結，不畏強禦的人民。在這姑息氣氛，甚囂塵上的今日，忽有智利這樣的空谷足音；這實在給予全世界一個極偉大的鼓勵，一個極美麗的希望。

（一九七三、九、十七、紐約）

慕尼黑的喋血

慕尼黑那個納粹運動勃然興起和張伯倫向希特勒妥協低頭的地方，早已在歷史上成為一個不祥的名稱。想不到，這一次它又在奧林匹克世界運動大會，蒙上阿拉伯恐怖份子襲擊以色列運動員的汚點，造成十一以人、五阿人、一德人同歸於盡的喋血。

本來，西德政府煞費苦心的籌備了好幾年，花費了數達億元美金的經費，既已極盡舖張揚厲的能事，又號召了一百二十多個國家和一萬多個全世界最優秀的體育健將。它滿望大家興高彩烈的來參加那個莊嚴神聖的大會。它一方面可以炫耀西德國力的富強，一方面也要藉機增進各國對德國人的友誼，同時，未嘗不想把一般人對慕尼黑的觀感改變一下。誰也沒有料到居然有人敢在這樣的一個場合，做出那麼慘絕人寰的怪事。

一個以提倡體育，促進世界和平為目標的世運大會，何以事前沒有一點防範，事後沒有一點辦法，現在已過一週，還沒有人對那事的經過，提出一個明晰的解釋。身爲地主的西德當局，自然是各方紛加譴責的衆矢之的。世運大會的主持人員，雖然多方申辯，但亦不能解脫照顧不週、保護不力的責任。

我們今天回溯九月五日那一天的演變，仍然有一點感覺到莫名其妙的神秘。五個巴勒斯坦的阿拉伯人，竟能於早上四時半的時候，如入無人之境的爬進世運村的圍牆，立卽會同三個會內的阿人，各帶炸彈和機關槍一類的武器，侵入以色列運動員的寢室。正在睡眠中的以國教練和選手二人當場被殺害，六人逃亡，九人綁架爲人質。

那八個暴徒向西德當局提出許多要求。他們要以色列政府釋放二百名在囚禁中的巴勒斯坦游擊隊。他們要西德供應飛機，讓他們押解人質到開羅。西德高級官員，包括願付任何代價以贖人質的布蘭德總理和他們談判了一整天，又和以色列及埃及的當局繼續不斷的反覆磋商。以國始終拒絕釋放囚犯的要求。暴徒亦不肯接受任何數量的贖金。埃及復有「不願捲入漩渦」的堅決表示。

他們僵持到當晚十時。最後由德警以直升機護送暴徒和人質到離會場十五哩的軍用機場，準備讓那八個阿人和九個俘虜換乘飛機赴埃及。就在那黑暗和混亂的當中，德警和暴徒開槍互擊。暴徒以炸彈焚毀一架直升機。三個暴徒被捕。餘均與九以人及一德警同時喪命。這便是那一幕驚人慘劇的結束。

這個駭人聽聞的慕尼黑血案，不但破壞了世運大會的信譽，和它具有優良傳統的運動精神；而且使全世界更進一步的認識以阿仇恨的不共戴天。那種完全由愚蠢和猜疑所產生的仇恨，正如螺旋式的上昇，永遠沒有休止的一天。它已經把良善的人類，變成吸血的野獸，也把愉快的場合，變成可怕的地獄。

阿拉伯人既然由於守舊和落後，不能制勝敵人於疆場，便改用這樣到處突擊，到處燒殺，使人防不勝防的恐怖政策。以色列人雖然在此二十多年中，抵抗數十倍的敵人而三戰三勝，但是他們自於一九六七年所謂六日戰爭獲得大勝以後，至今得不到勝利的成果，而且在戰雲密佈，羣敵包圍中，天天過着緊張和恐懼的日子。

今日中東的局勢，以阿雙方各有超級強權做後盾。只要美蘇兩國同意，以阿第四次戰爭，隨時可以一觸卽發。可是，美蘇雖然都要在中東爭霸權，但都不願意引起一場可能把它們自己拖進去的核子大戰。最近埃及政府驅逐蘇俄顧問並收回若干軍事基地，大家以爲埃及態度一轉變，戰爭就可以避免，中東和平已經看見了曙光。現在巴勒斯坦人在慕尼黑的一擊，又把許多人的美夢完全粉碎了。這便是今日中東和整個世界的新危機。

慕尼黑血案發生以後，以國一報紙說：「現在就是和恐怖份子及其支持者淸算血債的時候了。」果然不出三天，以國便出動大批戰機，東炸敍利亞、北炸黎巴嫩。它同時襲擊十個阿拉伯游擊基地和海軍設備。它的空軍深入敍黎兩國的內地。戰線自南至北綿延二百多哩。敍國當局說有數百難民被炸死。敍國迎戰的俄製飛機有三架被擊落。

以國軍方發言人說：「這不是報復的結束而是開始」。那顯然是對巴勒斯坦人的突擊運動加以全面的進攻。埃及一向是極力支持巴勒斯坦游擊隊的；有人便問以國何以打敍黎而不打埃及。以方的答復就是「埃及沒有巴勒斯坦的行動基地。我們的目的就是要進攻游擊隊，使他們由創傷而癱瘓，也使他們明白我們有消滅他們的能力。」

他們的另一目的，就是要敍黎二國政府知道庇護游擊隊是危險而不合算的。他們要求那些國家禁止游擊隊的活動，最好能和約旦的胡笙國王一樣，乾脆把游擊隊逐出國境。他們除軍事行動外，又對別的國家採取外交攻勢，尤其希望美國和西歐各國，也同樣的制裁那些國家領土上的巴勒斯坦人。事實上，巴勒斯坦人分佈西歐各城市。西德一國便有三千人之多。平日各國當局都不太注意那班人的生活狀況，現已嚴密監視他們的行動了。

敍利亞和黎巴嫩二國把被以國襲擊的事報告聯合國，要求安全理事會制止以國的「侵略」行爲。南斯拉夫等國提議安理會命令「有關各方爲國際和平與安全，立刻停止軍事行動」，竟無一字說到那個軍事行動導火線的慕尼黑事件。英、法、義、比四國提出「停止軍事行動及譴責恐怖行爲」一種雙方兼顧的修正案，當被蘇俄和毛共的代表所否決。

美國代表說了一大篇申斥暴亂份子並爲以色列抱不平的話，最後也對那南斯拉夫等國的提案施用了否決權。他因而贏得了以色列的感激，同時也爲尼克森總統爭取了不少美國猶裔公民的選票。可是，以色列在慕尼黑所受的打擊，和敍黎二國因被空襲而提出的申訴，都不能在聯合國得到公平合理的裁判。

聯合國在它存在的二十多年，沒有解決一個重大的國際糾紛，早已失掉了它所應該具有的價值，和它那憲章所給予的使命。它對越戰旣噤若寒蟬；它對中東又只作有氣無力而沒有絲毫結果的調解。這次安理會的表決，又使它再度現出它的低能。同時我們從這次表決上，一方面看出所謂五強否決權的不合理，一方面更知道那和蘇俄作對的毛共及南斯拉夫，一到國際上要分辨是非黑白的時候，便和蘇俄一鼻孔的出氣。

中東紛爭實已演變到一個最危險階段；聯合國和過去一樣的一籌莫展。今後我們只有等待以色列和阿拉伯國家，雙方自謀澈底解決之道。他們或以兵戎相見，或來一個出人意表的直接談判，誰也不能作肯定的預言。兩個超級強權在那地區的相持不下，固使中東問題陷入僵境；但中東國家本身的最後決策，自然是更重要，更能影響中東命運的一個大因素。

以色列是下決心要消滅巴勒斯坦游擊隊的。以國外長伊班說：「我們決不退縮，決不讓他們得到他們所需要的東西」。梅耶總理寧可犧牲十一運動員而不肯接受暴徒的要挾。現在以國所囚禁的游擊隊還有五百三十五人之多。事實上，巴勒斯坦的正式游擊組織是阿羅發所領導的「法塔」，而這次在慕尼黑製造血案和這一二年到處刼機殺人的，却是一個名叫「黑九月」的秘密集團。

那個集團是紀念一九七〇年九月約旦胡笙國王擊潰約國境內的游擊隊。它有團員三百人，領袖是廿九歲的卡里華，現已發展到幾千人。由於它是絕對秘密的地下組織，我們不明白它內部的眞象，只知道那是一羣行動詭秘，紀律嚴明，而又殺人不眨眼的狂熱少年，又知道他們經濟來源充足，活動範圍早已超出中東範圍以外。去年十一月約旦首相特爾在開羅被暗殺，就是他們幹的。此外他們又在英國倫敦、德國漢堡、荷國鹿特丹、義國狄里雅斯德，或謀刺、或刼機、或炸工廠。他們還綁架西德飛機而換得五百萬美元的贖款。

他們除了這次慕尼黑血案外，今年還做了兩件轟動世界的事：一件是在以色列機場刼奪比國飛機失敗，四個刼機人二死二擒。那是五月九日發生的。跟着就是五月三十日以色列機場的大屠殺。那是他們利用三個受過他們訓練的日本青年，一下飛機就對機場羣衆亂放槍，登時殺死了二十八人。他們和阿拉伯國家的政府雖無關聯，但他們受到若干「反以」政府的支援，和護照飛機的種種便利。

我們看了這一連串驚心動魄的事件，便知道它的範圍已不限於以色列一國，或中東一地區。它已變成國際性的恐怖行爲。我們尤其覺得憂懼的，就是那些恐怖份子的組織、訓練、行動，以及他們所用的術語和所叫的口號，簡直和國際共產黨一樣。說不定，他們是國際共產黨的僞裝，也可能是國際共產黨把他們原有的機構換了胎，變了質。

由於這個「黑九月」的組織，我們又聯想到今日世界上許多暴亂，都是和它一樣的，若不是國際共產黨所發動，就是受國際共產黨的指揮和控制。北越和北韓，早已掛出共產的招牌，固可不加論列。卽以最近日本大學生中的「聯合紅軍」而言：他們就是深受毛共影響的馬列信徒。他們的冷酷、凶惡和殘忍，便可以列入國際共產黨的行列而無愧色。再以北愛爾蘭的內亂爲例：它在表面上是天主教徒和基督教徒的仇恨，實際上却乃相信馬列主義的「愛爾蘭共和軍」，利用宗教做幌子，故意把那「聖戰」弄得不可收拾。

國際共產黨的世界革命，就是要天翻地覆的赤化我們的地球、奴役我們的人類。當赫魯雪夫宣稱「核子戰爭不可打，解救戰爭不可無」的時候，便是等於國際共產黨已經改變了它的作戰計劃。它決不和美國或任何強權打核子戰爭，但必以全力，隨時隨地，推進一切所謂種族、宗教、階級，和其他任何藉口的「解放」戰爭，以求達到世界革命的最終目的。這就是今日全球恐怖現象之所以形成，也是國際共產黨對自由世界的新挑戰。

（一九七二、九、十二、紐約）

期待春天的捷克人

波蘭人民最近的反共和反蘇，又引起一次世人對東歐衞星國的注意，也使世人忽然想起了幾乎被人遺忘的捷克斯拉夫。

克里姆林宮的羣魔，從史達林時代到現在，有一個爲歷史上一切暴君所不及的特點。那便是他們無論對國內的民衆或對國外的被征服者，都是一樣的盡量發揮「殘民以逞」的獸性，一樣的蔑視人民的公意，罔顧人民的生命，而且毫無忌憚的做得那麼橫蠻，那麼徹底。

我們只要看一看他們今天在捷克的所作所爲，眞要搔首問天的長歎一聲：「爲甚麼二十世紀的人類還能容忍這樣喪盡天良滅絕人性的惡魔？」

捷克這個中歐比較進步、也比較民主的國家，表面上雖仍保持獨立國的名義，實際上它的國家的生命和人民的生活，都在蘇俄軍事佔領下，完全被克里姆林宮所掌握，所支配。不要說人民沒有絲毫表示意見的機會，就是人民的生存權利，也被他們剝削得一乾二淨，毫無保留。

杜布西克三年前所倡導的自由化運動，已經隨着蘇軍侵佔捷克而消滅。他們假手捷奸所推動的「清黨」，就是他們對杜派份子的尋仇報復。杜氏垍臺已兩年，捷奸對所有同情杜派的人民，還是無孔不入的清算鬪爭，不把那班人弄得焦頭爛額，走投無路，決不罷手。

兩年以來，捷奸奉命唯謹，一切以蘇俄的意旨爲意旨。整個捷克的社會都已澈頭澈尾的改變了面貌。他們因爲找不到很多「可信賴的人民」，所以文教和科學的機構，差不多全部土崩瓦解。大學失掉好教授，醫院沒有好醫生，工廠趕走了有才幹有經驗的管理人員。這一大批被清除的知識份子，如果不是捷克當局停發出國簽證，恐怕早已一個一個流亡到海外。

捷克京城布拉格，本來是中歐的一個文藝中心，現在已變成了不毛之地。文學家所寫成的小說、詩歌、散文和戲劇，除了親友互相傳閱外，沒有任何出路，更沒有公開發表的機會。報紙、廣播和電視，本爲三年前自由化運動的先驅。現在，這一類的從業人員，都成了攻擊的對象和「清黨」的目標，囚禁的囚禁，失業的失業。過去一度被人視爲政治活動中心的記者俱樂部，現已變爲警察嚴密監視下失業報人偶而見面的場所。

捷克人當然還記得納粹佔領捷克的悲劇。可是，一位捷克文人說：「今日共產黨對我們文化和思想的摧毀，不知超過希特勒多少倍」。杜布西克的自由化運動。爲時雖很短促，但已深入人心。當時，無論是捷克人或斯洛伐克人，都一致熱烈擁護杜氏的革新計劃。現在他們遭遇了失業和饑餓的痛苦，仍然念念不忘那三年前所享受的短期的思想自由。

人口一千四百萬的捷克，在杜布西克當政時期，便有一百六十萬共產黨員。他們在杜氏的領導下，都因不受蘇俄控制而炫耀。蘇俄入侵捷克以後，不但人民失去了自由，就是共產黨也無法擺脫蘇俄直接和間接的壓迫。一向高呼「不要祖國」的黨員，也和其他民衆一樣的變成蘇俄的牛馬奴隸。

捷克共產黨眞已走入徬徨歧路的絕境。他們在這兩年內減少了八十多萬黨員。各級黨部還有二十二萬黨證沒有人去領取。領出了黨證的黨員也有不少人自蘇軍入侵之日起，就不肯繳納黨費。不作任何聲明而自動脫黨的更是不計其數。黨員數量既減少，質料也減低。規模最大的布拉格市黨部，黨員平均年齡已達五十七歲，全體黨員的百分之五十五都已超過六十歲。共產黨實在已被青年和中年所唾棄。

各地「清黨」委員會在蘇俄的指揮下，排斥知識份子，扶植勞工階級。「清黨」當局曾以「你贊成華沙公約國家對於捷克的武裝干涉嗎？」去問那些登記的黨員。當一個黨員敢作反面答覆的時候，清黨當局立刻警告他們：要保全他的工作，就要隱瞞眞的意見。但是大多數不但不是那樣做，而且還要求把他們的意見記錄下來，並請開除他們的黨籍。

現在還肯保留黨籍的，只有三種人：一爲對政治不關心的；一爲正在找工作或望維持原有職位的機會主義者；一爲不明黨外情況的老共幹。黨員一無黨籍立刻就失掉工作。凡能影響他人思想的，如教授、如報人、如作家，若被黨部排斥，不是降級，便是失業。這已經是刻板式的程序。

去年公佈的勞工法，就有這麼一條的規定：「任何人如過去曾有反抗社會主義的行爲，僱主就有隨時解僱的權力」。因犯這條而被解僱的究竟有多少人，還沒有確實的數字。但是我們知道最受他們歧視的，便是一切學術、文化和科學的機構。教授當郵差、外交官做小公務員、經濟學家派爲記賬人、醫學專家送到工廠當看護。這些都是今日捷克人司空見慣的怪現象。

世界聞名的查爾斯大學，一次開除了七十多位思想有問題的教授。未被開除的復有不少人逃亡。其他各大學也一樣的藉口「淸黨」，而把老教授革除，又無新教授補充。教育部因爲怕「靠不住」的哲學教授曲解馬克斯的學說，居然停止各級學校馬克斯主義的課程。這一班滿腹經綸的學人，過去擁護杜布西克最熱烈，現在所受的打擊也最厲害。

杜布西克眞是蘇俄深惡痛絕的目中釘。他被迫下臺以後，一度曾爲駐土耳其大使，現則旣被撤消官職，又被開除黨籍。他想謀一維持生活的森林管理員而不可得。其他不爲蘇俄所歡迎的高級職員，有的降級、有的失業，有的只能做最低賤的小工。許多有知識的婦女，跑進工廠當淸潔女工，因爲她們的丈夫被排擠，她們就成爲維持一家生活的主力。

有人以爲蘇俄和它御用的捷奸，還沒有開始政治性的殘殺，也許是捷克的幸運。可是，有經驗的觀察家認爲現任首席書記的胡薩克，自身受過史達林的災害，不會再以那種災害加到人民頭上。這是不可靠的推測。胡氏至今未被蘇俄視爲忠實的鷹犬。蘇俄可以隨時去掉他。他爲鞏固他的位置，也只有對蘇俄唯命是聽。捷克人是澈底反共反蘇的。他們今後如果再有愛國的表示或救亡的行爲，蘇俄除了用它一貫的殘殺政策外，絕對沒有旁的辦法。

這五十年當中，捷克一再被西方民主國家所出賣，先亡於希特勒，後亡於史達林。最後，杜布西克想以自由化運動，一面脫離蘇俄的羈絆，一面力求經濟的復興。不幸一九六八蘇俄的暴力侵佔，又消滅了捷克的一切希望和信心。它要和蘇俄友好相處旣不可能，它想要求西方民主國家的援救又不可得。這個一向以領導自由世界爲號召的美國，對捷克，正和對波蘭和匈牙利一樣，平日鼓勵它們爭自由，等到它們眞的起來反共反蘇了，美國竟噤若寒蟬的不敢有任何伸張正義的行動。你叫那些衞星國如何不絕望？

然而，飽經患難的捷克人，依然不絕望，依然深信黑暗過了就有光明，冬天過了就有春天。捷克有一首古老的民歌便是這樣說：

「它會來的，春天啊！

它會來的！

五月一定會再來一次！」

（一九七一、二、六、紐約）

騷動和暴亂

最近好幾個僑居美國的中國朋友，因爲怕美國社會的惡習慣影響了自己的兒女，要把他們送回臺灣受大學教育。還有一位對我說：「我要讓兒女到臺灣去進中學，恐怕在這裏一入中學就不可救藥了」。

這不是杞人憂天，也不是危詞聳聽，而是這幾年美國學校的敗壞，青年的墮落，社會的騷動和暴亂，簡直把一向迷信美國文化的中國人，嚇得目瞪口呆，不知所措了。

美國社會的畸形演變，的確使人憂心忡忡；不但中國人如此，就是許多爲工作關係而須長住美國的歐洲人，也把兒女送回英、法、德、瑞等國去受教育，而不願他們在這裏染上吸毒物和男女亂交的惡習，或加入從事顚覆運動的赤色組織。

當然，美國是一個年輕的國家，一切要新奇要進步，要走在時代的前面。年輕的一代，更覺得自己與衆不同，自己掌握了美國的命運，天天嚷着時代的差距，而把年老的一代看得半文不值。他們一開口就是要打倒現狀 Establishment 推翻代表資本主義和帝國主義的文物制度。

這班人，雖然不是美國青年的大多數，可是，我們只要一見各大學學潮中的領導人，一見任何場合中的長髮粗鬚者，便知道他們數量的驚人，他們潛在勢力的不可侮。他們有的眞因社會不平而爲一時熱血所衝動，有的不分皂白，甘心被野心家所利用。他們既不肯去讀美國先賢締造這個國家的奮鬪史，又不願去研究其他各國的社會現狀，尤其是鐵幕內種種慘無人道的眞相。他們好像是一羣騎着瞎馬的盲人，到處横衝直撞，亂喊亂叫。他們毫不諱言的要把這個最富最強的國家澈底毀滅。你說他們瘋狂了麼？他們反說越戰的綿延，種族的歧視，貧富的懸殊，才是眞正的瘋狂。

除了黑豹黨和民主社會學生會一類有組織的發動暴亂外，那些自甘墮落的青年，並不是個個有參加「革命」的膽量。他們既不求學，又不做工；不是蓬首垢面，放浪形骸，就是游手好閒，無所事事。他們又和毒物及毒販結不解緣，抽大痲煙還不夠刺激，更要吸白麵，打海洛英，服迷幻藥。紐約一市死在這類毒物上的，每天平均有三人，最使人驚心動魄的，就是青年佔其中一個很大的百分數。大學生半數以上用毒物。甚至十歲左右的小孩也不能例外。這就比我國以前只有成年和老年吸鴉片更要危險萬倍了。

這個時代本來是一個動亂的時代。成年人對於若干政治問題和社會問題，已經深感千頭萬緒，無法應付。現復加上這許多輕舉妄動的青年，不但不能負起承先啓後的使命，而且不知天高地厚的成天製造新的糾紛，把社會鬧得天翻地覆，把爲父母者弄得痛心疾首，束手無策。

吸毒本身就是犯罪的行爲，而吸毒還可引起更多更嚴重的犯罪。一個染上了毒癖的人，每天要花費數十美金去購毒物。青年學生不肯做工，自然沒有進款。他們初則向父母索取或偸竊，繼則到外面去打家刼戶，爲非作歹。以前中國的「鴉片鬼」發了癮，只能握着烟槍，躺在床上涕泗交流。現在美國的吸毒青年，便不客氣的拿着眞槍，跑到街上去殺人放火。

這班墮落份子，早已視打鬬和殺戮爲家常便飯，復又男女混淆，縱情色慾，不知天地間有羞恥事。他們還敢大言不慚的高呼打倒這個，推翻那個的口號，不但反越戰、反兵役、還敢侮辱國旗、詈罵元首。黑色的學生更是以種族仇恨做幌子，到處散播恐怖，無法無天。政府顧慮多端，姑息因循，失掉了法律制裁的能力。左派政客心懷叵測，復推波助瀾的鼓勵青年去破壞法令，反抗政府。

美國人一向認爲他們的民主政治和自由傳統，是最值得珍貴值得炫耀的。我們反對獨裁暴政的人，自然也一樣的重視他們的民主自由。可是，民主自由如果不以法律爲範圍，如果沒有法律作保障，人人可以毁法，人人可以亂紀，那豈不是變成了暴民專制麼？他們好像就要製造一個暴民專制的世界。

事實上，美國早已到處都有無惡不作的職業暴徒。現復增加這許多不畏法，不怕死的青年罪犯。他們開槍、用刀、放炸彈、白晝搶刼銀行，晚上襲擊行人，強姦婦女。住在大城市的人民，一上街就慄慄自危，一回家還要鎖上加鎖。一般人精神的緊張和恐懼，自然不言可喻。再加上通貨膨脹，物價高漲，幾乎天天要遭遇一波未平，一波又起的勞資糾紛。甚至身爲公職人員的敎員、郵差、市政府官吏，都可以發動直接威脅人民生活的大罷工。這便是今日美國社會騷動的一個簡單的畫面。

那班作奸犯科的人，早已不把法律當作一回事。平日法庭的審問、辯護、交保、定讞那一套迂迴曲折的程序，更使奸匪隨時找到法律漏洞而逃出法網。往往一個犯謀殺罪的人，可以在一審再審，上訴又上訴的過程中，遷延若干時日，竟得宣告無罪而開釋。最近芝加哥審訊的左翼罪犯，居然敢在法庭上無理取鬧的侮辱法官，破壞法律尊嚴，摧毀司法制度。政府和輿論都沒有制裁他們的辦法。

美國的統治階層，自尼克森總統以下，並不是不知道社會的嚴重病態，和許多青年的倒行逆施。他們也曾想盡方法，去加強軍警的防衞，去制止毒物的氾濫，去協調黑白的情緒。可是美國人做事，一向是頭痛醫頭，脚痛醫脚的。他們過去對國際糾紛固然是這樣，現在對他們自身的社會不安，也不想硏求根源而去覓取澈底補救的辦法。

我們分析這些騷動和暴亂，可以說有三個大因素。一個是家庭的散漫或分裂，促致家庭教育的蕩然無存。一個是學校只以販賣知識爲職業，而不注重學生人格和品行的陶冶。一個是敎會失掉了精神領導的重心，傳教師不能爭取青年的信仰。

美國是一個「上下交征利」的工業社會。每一個人都去忙於工作，賺錢和享受，都把家庭和家教當作人生的次要事件。兒女的讀書既已委之學校，兒女的道德自可託諸教會。兒女如何生活，如何思想，甚至兒女每天從早到晚的行蹤，他們一點也不知道。平日父母和兒女已經很隔閡，一旦父母離婚或分居，即可由家庭的破裂，而釀成兒女的流離失所，鋌而走險。

家庭的情況既已如此不合理，學校和教會又因自身的不健全，不能代家庭負起教育及修身齊家的責任。所謂百年樹人的大計，便不幸陷入了一個可怕的「三不管」境界。如果有人只知一味責駡青年無知識和沒有出息，我眞要爲這班失去教養的青年叫寃屈；這個責任是應該由年長者完全擔負起來的。

美國由於資源的豐富，國力的充實，儘管它的社會不安寧，青年不爭氣；它依然是富強甲天下而又擁有大量核子武器的強權，依然是全世界維護民主自由、反抗共產侵略的領導者。國際共產黨雖已認定美國是唯一能夠遏止世界赤化的元戎，但是他們是一向不打硬仗而只以陰謀詭計投機取巧的惡魔。蘇俄唯恐它那共產帝國的土崩瓦解，更不敢對美國發動一個自己沒有絲毫把握的核子大戰。它只有運用毒辣的宣傳，險惡的滲透，充分利用美國的左派和自由份子，去分化美國的社會，去挑撥種族的惡感，去動搖全國的民心士氣。

國際共產黨在其他各國煽動革命，都是說替農工階級謀利益。可是那個策略不能施用於美國；因爲美國的農工，不但工資優裕，安居樂業，而且都知道鐵幕內農工所過的悲慘生活。因此，國際共產黨在美國的工作對象，不是農工而是青年。他們使用中心突破的軍事策略，專對知識幼稚而又血氣方剛的青年下功夫，這幾年眞是做得有聲有色，無孔不入。我們一見那一批一批的青年，熱烈的亂叫反動口號，瘋狂的幹出卑鄙無恥的勾當，自己還以爲有高尚的理想，實際上是不折不扣的赤色走狗。我們目擊此種現象，除了慨歎他們背叛國家外，只有痛恨國際共產黨的陰險毒辣。

今日美國社會的騷動和暴亂，是和國際共產黨的世界革命分不開，而且是互爲因果的。大多數美國人並不知道這個癥結所在，仍然自我陶醉的相信自己是擧世無匹的超級強權，相信那班「小孩子」的胡鬧，只是小丑跳樑式的麻煩和困擾。他們根本不明瞭國際共產黨從美國內部去腐爛美國，摧毀美國，實在是比一切飛彈和核子武器都要厲害千百倍。

許多有心人常以羅馬帝國的滅亡，去比今日美國所面對的危機。實則那時羅馬帝國的敵人，不過是醉生夢死的當權派，和從北方打進來的野蠻民族。現在美國也許不如羅馬人那麼昏瞶糊塗。但是國際共產黨的智慧和計謀，就決不是昔日野蠻民族所能趕得上。美國今日要救人，要自救，都要有澈頭澈尾的覺悟和警惕；一定要發動一切政治的、社會的、道德的力量，去平定騷動、去制裁暴亂，尤其是要喚醒國家生命所寄託的青年，使他們恢復理智，使他們招回快要失掉的靈魂。

（一九七〇、三、二七、紐約）

美國人的淺薄

歐洲人每每喜歡譏嘲美國人，儘管他們都羨慕美國的物質繁榮，也歡迎美國的各種援助。他們客氣一點的僅說美國人天眞幼稚；嚴酷一點的簡直罵美國人只有銅臭而無文化。

我們站在第三者地位，覺得那些譏嘲，半由嫉妒，半乃成見，不能稱爲絕對的符合事實。可是，我們這次看到尼克森訪毛前後，美國人表現在言論和行爲上的反應，又不得不相當的同意歐洲人的看法。我們若能改用「淺薄」兩字去形容美國人，似乎比歐洲人所講的要公平合理一點。

美國立國雖不過兩百年，但是，從十八世紀末葉到現在，它和中國已有一百七十多年的商業和外交的關係。二次大戰的時候，中美二國乃爲並肩作戰的盟友。美國兒童一入小學就要讀一點有關中國歷史地理的功課。你如說他們不太明瞭中國的眞象，還講得過去；若說他們根本不知道中國的存在，那眞是不可思議的奇聞。

然而，這樣的奇聞居然就發生在今日的美國。美國人好像因爲有尼克森的訪毛，才忽然發現一個名叫中國的新天地，正同他們發現太空人登陸月球一樣新奇刺目。他們同時也發現中國不但有廣大的土地、衆多的人民、悠久的文化，而且還有全球獨一無二的萬里長城。

本來，美國人在他們的本土，到處可以看見華埠和華人，到處可進中國餐館吃中國菜。可是，他們偏要在尼氏訪毛以後，才對中國菜大加讚揚，才對筷子的使用發生興趣。周恩來送尼克森一對熊貓，並不值得大驚小怪；我們在抗戰時就曾送過美國好幾隻。可是，全國各地的動物園，竟爲那一對熊貓而爭奪不休。紐約時報寫了一篇歡迎熊貓的社論。這一切，除了淺薄二字外，還有更妥適的描寫嗎？

中國女人的旗袍，早幾年便在巴黎時裝市場出過一次風頭。現在美國忽因尼克森的訪毛，而把那些一看了就叫人想嘔吐的「人民裝」，介紹給好新奇、愛刺激的美國婦女，最使人不能瞭解的，便是他們硬把中國和毛共混爲一談。他們以爲大陸人民都是共產黨，而不知大陸人民正是共產黨的俘虜和它不共戴天的仇敵。他們以爲毛共所表現的，所宣揚的，是中國文化，而不知毛共正是毀滅中國文化的萬惡罪人。他們在毛共的催眠之下，以爲北京的皇宮、杭州的西湖，甚至二千年前的萬里長城，都是共產黨所建立的豐功偉績。假若有人荒謬絕倫到了這種田地，你還單用「淺薄」二字去批評他們，又似乎有一點「文不對題」。

照常理言，美國既未打敗仗，又和毛共無邦交，尼克森以元首之尊，親到北平去「朝拜」、在他本人也許是因怕爭不着下屆總統而用此出奇制勝的下策；爲甚麼美國朝野上下並不以此爲恥辱；連對那外交禮節的顛倒，也沒有人說半句閒話。大家反隨聲附和的歌頌尼氏獲致了「這一世紀的和平」。

我們與其說美國人因淺薄而失去了良能，不如說他們的統治階級太沒有領導人民的能力。他們既無應付世局變化的智慧，又無主持正義的道德勇氣。一遇國際上發生問題。他們不是摸索搖擺，便是顢頇低能。人民也因羣龍無首，而聚訟紛紛、莫衷一是。這便給予顛覆份子更多的滲透、播弄、挑撥離間的機會。

你如果要問尼克森那麼倒行逆施，人民既不能加以制裁，爲甚麼國會一點辦法也沒有？那麼你只要一聽議員們會內的辯論和會外的講演，你會對整個的民主政治大失所望。共和黨幾乎全爲尼氏的應聲蟲。民主黨雖想找尼氏的漏洞，但沒有一個是他的對手。而且參議院的大多數，都是左傾而無原則的。今後半年如無意外的事發生，尼氏當選連任，似已成爲定局。萬一尼氏落選，可能取而代之的民主黨候選人，不但和尼氏是一丘之貉，而且見解的偏激、立場的動搖，以及對敵人屈服的唯恐不速，恐怕只會有過之而無不及。

本來一個國家最需要的，就是居上位者的英明領導。民主國家尤其非有賢明睿智，公忠體國的領袖不可。大多數人民只知跟着領袖而行動，並不大有若何基於個人意志的獨特主張。像美國這樣的國家，個個忙於自己的事業，生活那麼緊張，競爭那麼激烈，幾乎沒有參與政治的時間，更沒有辨別政治是非，研求政治得失的能力。

因此，尼克森利用「和平」做幌子；美國人都以爲他眞的一和毛周交歡，便把越戰結束，也把和平帶回。加以尼氏能言善辯，又會利用大衆傳播，去迎合人民厭戰和怕死的心理。大家自然接受他的宣傳，墮入他的彀中，很少人懷疑他爲美國追求和平的「誠意」，雖然他誓爭下屆總統的企圖，大家也是心裏有數的。

我們一面佩服美國人的天眞，一面對於他們頭腦的簡單，又不得不深致慨歎。他們爭看尼氏一行訪問中國大陸的電視，正和欣賞歌舞劇團一樣，以爲那是不可錯過的大軸好戲。腦滿腸肥的毛澤東，一臉奸詐的周恩來，他們都當作是西部電影裏的傳奇人物。他們根本忘記那些和尼克森碰酒杯的人，正是屠殺六千萬中國同胞的赤色暴徒，也是美軍在韓戰越戰中傷亡已過百萬的直接和間接的劊子手。那班人到現在還在世界各地區，連美國本土也在內，繼續煽動暴亂、製造戰爭、推進世界革命。

在美國那麼高度民主的國家，政府既把握不住重心，人民又得不到正確的領導；從理論上講，比較優秀的知識份子，應該形成社會的中堅，一邊鞭策政府，一邊指導民衆，尤其應該建立一種健全而有遠見的輿論力量。可是，最不幸的，若干年來，一般從事教育文化的人，多以左傾爲進步，爲時髦，而對美國民主自由的生活方式反失掉了信心，甚至盲目的認爲鐵幕以內的共產社會，才適合他們那種莫名其妙的烏托邦理想。

他們受了顛覆份子的痲醉，自己中了毒，又去毒害下一代的美國人。一知半解，血氣方剛的青年，更要變本加厲的反對傳統，打倒現狀，推翻他們認爲是象徵資本帝國主義的政府。今日吸毒的流行，嬉皮的猖獗，少年犯罪的普遍，可以說都是成年知識份子自甘墮落的自然的結果。這是今日美國社會莫大的隱憂。

國際共產黨還不只打入教育文化的範圍。那班自命代表自由言論的新聞界，包括電視和廣播，也常不知不覺的變成了爲虎作倀，震撼美國基礎，打擊自由世界的最有力的工具。尼克森帶了八十七名記者到大陸，原乃替他做競選宣傳的幫手。他們有的愚昧無知，有的居心叵測，回到美國以後，竟把地獄寫成天堂，又把魔鬼當作朋友。他們便是這樣變爲赤色王朝的義務推銷員。這也是尼氏此行對美國的一個「貢獻」。

凡在美國住得久一點的中國人，幾乎衆口一詞的認爲這幾十年來，美國民族性完全變了質。筆者求學時代所知道的美國，是一個崇民主、愛自由、也有公道是非觀念的國家。我所接觸的美國人，一般的印象，都是誠實、坦白、勇敢、慷慨，可以共事，也可以做朋友。他們力爭上游、勤求進步、公平競爭、方正交易種種美德，最使我心折不已。

現在，美國和美國人都不是這樣的了。城市的暴亂、盜匪的橫行、宗教的衰落、道德的破產，家庭和社會的分崩離析，再加上種族的仇恨和顛覆份子的滲透及煽惑，眞是危機四伏，險象環生，簡直是一部羅馬帝國滅亡史的再版。

最可怕的，「旁觀者淸」的我們，無不怵目而驚心。身在局中的美國人，並不覺得他們已經到了危急存亡的緊要關頭。他們總以爲美國是地球上最富強的國家，自我陶醉之餘，既不認錯，也不求知，好像他們的財富永遠用不盡，而他們的核子武器更可鎮壓全世界。這樣一個又驕傲，又怯懦、矛盾百出、謬誤叢生的國家，我們和它交往，如不有新的認識和新的估價，一定會差之毫釐失之千里的。

我們今日創鉅痛深，忿怒無補實際，只有深切反省，莊敬自強，尤其要知己知彼，才不至再蹈覆轍。我們被人「出賣」，這不是第一次。從雅爾達到大陸沉淪，從羅斯福到杜魯門，我們早已有數不淸的悲慘經驗。我們經過了這二十多年的生聚敎訓，爲什麼到現在才知道美國靠不住，才發現尼克森是羅斯福和杜魯門的化身。

中外古今立國之道，絕對沒有靠人家而可以生存的。我們今天說人家靠不住，實在講不出若何充分的理由。我們總以爲尼克森反共起家，不會做對不起我們的事。事實上，他一上臺就高唱「談判代替敵對」，便已表示「人心大變」的開端。我們那時既不警惕；後來他宣佈他要訪問大陸，我們還希望美國替我們保全聯合國的席位。我們未免太信任，也太不了解這位「盟友」了。

當然，我們仍然重視中美的友誼，復明白環境的險惡和現實的殘酷，絕對不會不諒解政府當局應付當前局勢的苦心孤詣。我們也不贊成只憑「洩憤」、「蠻幹」的心理，便把國家生命當作孤注之一擲。可是我們在任何狀況下，不能再把我們的生死存亡，寄託於尼克森的不負責的口頭承諾，和迂迴曲折的外交詞令。尼周公報的發佈，儘管它的文字如何模稜，總是對中華民國莫大的侮辱和威脅。而美國一九五五年和我國所簽訂的共同防禦條約，無論就事實或法律而言，都已不能視作信誓旦旦的軍事同盟。我們也不能期望美國爲「防衞」臺灣而和我們的敵人作戰。我們知己知彼，便不能對這個講現實而不重道義的盟友，再存若何美麗的幻想。

中華民國的創立、北伐的成功、抗日的勝利，沒有一次不是依仗我們虔誠的信念，堅強的意志，義無反顧的決心，和「雖千萬人吾往矣」的奮鬬精神。今天我們已經到了不進則退，不存則亡的境地，一定要重振同樣的信念、意志、決心和精神，才能背水爲陣，突破一切難關，完成我們的神聖使命。

蔣總統本月十日對國民黨十中全會閉幕致詞：一則曰「冒險才能成功，因爲革命原就是冒險的，只有冒險才能打開一條勝利成功的道路」；再則曰「因循、等待、所埋藏的，必定是倚賴、屈辱、畏縮和失敗的因子」。這眞是最沉痛、最正確的指示，也是保衞臺灣的圭臬，光復大陸的南針。願我海內外同胞三覆斯言。

（一九七二、三、十七、紐約）

由盛而衰的超級強權

第二次大戰結束的時候，美國不但在歐洲擊潰了德國，在亞洲打敗了日本，而且是世界上唯一擁有原子彈的超級強權。它那時眞是睥睨全球，唯我獨尊，誰都不敢不重視它的聲望和力量。它如果有眼光遠大手腕靈活的政治家，而又能堅持保障民主，維護自由的賢明國策，它一定可以保持長時期的強盛，也可以促進世界的永久和平。

它不幸一再被自已的政客官僚所誤；對外不能高瞻遠矚，把握時機，乃致政策搖擺不定，行動拖泥帶水；對內不能抓住政治的重心，又不能制裁國際共產黨的滲透和顚覆；竟讓蘇俄一躍而爲可與美國分庭抗禮的另一超級強權。

中國也因美國失敗而失敗，竟讓毛共坐大，赤禍滔天，大陸沈淪，生靈塗炭。美國也因而捲入韓戰與越戰，兵連禍結二十多年，今日它雖對敵寇乞和，雖向蘇毛求救，雖已將援越美軍撤退了五十萬，它到現在依然深陷泥淖而莫能自拔。國際共產黨早已把美國弄得焦頭爛額，手忙脚亂。它今後能否重振國內的人心，維持它的統一和完整，雖然尙不可知，但是它那超級強權的威信，在亞洲固已一落千丈，就是在歐洲及其他地區，也受了極嚴重的打擊。

尤其是這次日本首相田中角榮，一上臺就和毛共狼狽爲奸，想要脫離美國的覊絆，更想進行他所謂獨立外交。他居然不理會尼克森對他的勸阻，竟敢不顧一切的和我中國人所共棄的毛酋打交道。這已充分表現日本的見利忘義、背信棄約。這也反映出美國對於日本這一類的國家，已經失去了它的優越地位和它的控制力及影響力。

美國的一班政客官僚，好像完全無視於自己國家地位的變遷和世界均勢的轉移。他們整天所注重的就是黨爭、競選，和私人權利的奪取及保持。我們只要看這一次的總統選擧，便知道他們如何不擇手段的勾心鬭角，如何毫無顧忌的互相詆譭。

他們知道人民厭戰和反戰，便以越戰爲競選的題材。有的不責河內政權的頑強，反罵政敵的好戰。有的不說自己的低能，反把戰爭的責任推到別人的身上。最使人不了解，也不易原諒的，就是大家都藉敵人以自重；甚至不惜以投降者的姿態，恬不知耻的向敵人搖尾乞憐。

許多愛護美國的外國人，都覺得那班政客官僚所講的和所做的，旣使親痛仇快，又違反美國本身的利益。他們反行若無事的自我解嘲；不是說政治是現實不是理想，就是說外交只論利害而不包含道德的成分。

大多數人民並沒有辨別是非黑白的能力，也沒有正義人道的觀念。他們雖然也知道美國面對着越戰和其他種種難分難解的困難，可是，他們具有傳統的驕傲和自信，總以為美國是最富最強的國家，而它依然可以在國際上產生有決定性的力量和影響。美國變了，世界變了，美國和世界的關係，也在天天的轉移和變動。

一位華盛頓的官員很感慨的說：「我們現在是一邊向敵人建築橋樑，一邊把已和朋友建築好的橋樑焚燬」。這是一針見血的空谷足音。這也是不容否認的事實。上面所提到的大戰結束階段那個美國獨佔優勢的時代，已經毫無疑義的結束了。

今日國際權力的關係，經過若干年的變遷，都已重新建立，都已更換了昔日的面目。以前的仇敵，如德國和日本，旣由美國扶植而復興，現又再因本身成長而變為美國在經濟上及其他競爭上的勁敵。以前的盟邦如蘇聯，復已由兩國多年的敵對，而演變到海濶天空的談判，和貌合神離的合作。

美國因珍珠港的襲擊而從孤立主義解脫。這卅一年來，它由遭遇日本暗算而到大戰勝利，由大戰勝利而到一國獨佔的優越地位，又由那優越地位一步一步的演變到今天這個樣子。目前國際上一切政治、軍事、經濟和主義的結合，都在隨時隨地很迅速的蛻變。大國如此，小國亦然，超級強權也不例外。

在這樣錯綜複雜的國際關係當中，美國今後要走的道路，不能單由自己選擇。它不但不能和過去一樣的支配人家或影響人家，而且它還要看人家對它如何反應和如何接受。它對強國固應小心翼翼的應付和聯絡，就是對小國也不能再擺出頤指氣使的老樣子。

一個英國外交官說：「歷史已把美國帶到二十年前的英國。英國那時已知帝國解體，但仍不肯認輸；已從世界各地撤退，但仍很遲緩的感覺到權力和任務的縮小。」日本想要擺脫美國羈絆，並非從田中親毛開始；早在一年以前，它的官方文字已不許再用「美國核子傘」的名稱。這就象徵美國保護日本時期的結束。

印度在印巴戰爭爆發以前，便已覺得美國忽視它在南亞的重要地位，和它在整個亞洲的潛在力量。西德一向是感激美國扶助，情見乎詞的。可是，一個重要官員說：「東德和西德都望統一實現。西向政策，既因一九六一的柏林圍牆而碰壁，我們只好繞着那圍牆去另找出路」。

蘇俄和美國一樣也有自身的困擾。它的一個政治學家曾說：「法義二國的共產黨都有奪取政權的希望。但蘇俄已被中共、南共、羅共和古共所困擾，不願再加法義二國的麻煩。西歐分裂的狀況，如能持續下去，倒不如仍讓資產階級保留他們的政權」。

美、蘇兩個超級強權，在它們核子平衡的時候，已各發現自己喪失了控制國際局勢的能力，也發現它們雖同有核彈，但也同感精疲力竭。它們同時還要對付許多次要國家的挑戰。由於所有的國家都為自己打算，所以世界是永遠不能安定的。美國外交政策的搖擺多變，又幫助了國際政治的浮動。它自己也免不了受國際政治流動的若干牽連。

美國因國內情勢的壓迫而從南越撤兵，又想進一步的脫離歐亞兩洲的軍事羈絆。它能否回到孤立主義的舊軌，暫不加以論斷。但是，它如眞的下決心去作全面的軍事撤退，那麼它是否顧慮到全面的政治撤退，就會隨着而來的。這便對它的國防計劃、盟邦承諾、和自身的利益，都要付出可怕的代價，都包含着莫大的危險。

尼克森訪毛之後又訪蘇，自詡那是「談判代替敵對」，也說那可以鬆弛美國和蘇毛的緊張局勢。事實上，他並沒有如他所預期的，得到蘇毛幫助結束越戰的成果。他至多加深一點蘇毛的互相猜疑。可是，它們同屬仇視「美帝」的馬列集團，隨時可以由暫時反目而言歸於好。

美蘇兩國對於戰略武器的限制，總算開了無數次的會議，也達成了若干有限度的協議，可是，誰都知道尼克森是爲自己競選而去遷就蘇俄的。美國便有不少人認爲美國在那裁軍談判中吃了虧、上了當。也有人說美國和蘇俄定條約，等於是得了一張廢紙，它是絕對不足以防止未來的戰爭的。

印巴戰爭已使蘇毛擴大它們的裂痕，也使美印兩個民主國家發生很深的歧見。西德的東向政策，可以說是一反它戰後一貫親美的作風。它因爲要得蘇俄的支持及東歐的合作，它竟和蘇俄及波蘭定互不侵犯條約，承認蘇俄以武力所製造的新疆界。這和日本親毛是一樣的對美國一個打擊。

英國加入歐洲共同市場，當然是要和歐洲本土作經濟的結合，以爲將來政治軍事結合的第一步。那也就是它看清楚了它和美國所謂同文同種的結合，已經不能增進它的利益。它不能不轉向西歐去尋求新的出路。北約組織本來是美國一手撐持的。現則離心離德，意見分歧。美國復有撤退歐洲駐軍的傾向。美元久爲美國控制國際市場的利器。現在美國經濟萎縮，美元貶値。歐洲因要調節國際貿易，正在商談新貨幣系統的建立。這些當然都是對美國十分不利的。

這樣的局勢所造成的，不是平衡，而是一個不平衡的新形態。在那種新形態下，美蘇兩個超級強權當然不敢貿然發動一個可能同歸於盡的核子戰爭。其他大小國家，也都以防衞爲要着，不想侵犯他國，也不怕他國進攻。一般青年的思想幾乎全爲反戰與畏戰，甚至認戰爭爲不可思議。他們的注意力，也轉移到和他們有切身關係的社會問題的研究及解決。無論國際共黨如何對各地青年下功夫，他們大多數仍然沒有多大的反應；一般國際問題和外交問題，在他們心目中，都認爲是次要的。

即以西德而言，人民只爲經濟衰退而焦心。百分之七十支持東向政策，也是基於得過且過的苟安心理。日本亦復如此。日本人雖畏蘇俄，又防毛共，但對政府親蘇或親毛，都沒有什麼強烈的反應。他們最關切的還是內政，還是過安居樂業的生活。當然，經濟的成長和分配，環境的保障和改善，也是他們所密切注意的。

蘇俄一個那麼只重軍備而不顧念人民生活的國家，近年也因消費者的要求，居然考慮到資源分配的變遷，也知道注重民生工業的提倡。政府不但不願蘇俄發生同波蘭一樣的工人革命，而且還要激勵工人增加生產，接受有關經濟改革的正當要求。我們從上面所敍述的事實，便知道在今日不平衡的新形態下，一般人民對於自己國家的政治、經濟、和社會問題，都有一種新的認識和新的動向。

有人以爲美國會被越戰拖垮，也可能會因內部騷動而促致國家的分裂，可是，有見解的人依然相信美國不會拖垮，也不會分裂。不過它迭遭挫折以後，已發生一點自卑感，也暫時失掉了自信心。它因而在國際上不想再冒險，也不再充好漢，去替人家打抱不平。由於它的地緣的優越，國力的堅強，資源的豐富，一般人民的勇敢和進取，它決不會降爲無聲無臭的二三等國家。孤立主義既無死灰復燃的可能，它依然會繼續做買賣，繼續玩國際政治、繼續在學術上、技藝上和經濟發展上，出人頭地。無論戰時或平時，全世界國家都非和它打交道不可。

然而，美國今後的外交政策，不但它自己應有開明而堅定的主張，而且要和其他各國的客觀環境相配合。西德及日本雖在歐亞兩洲各走各的獨立路線，但是西德仍爲北約組織的要角。它不願美軍撤離西德，也不肯讓它的「東向」影響它和美國的友誼。

挪威現雖拒絕加入共同市場，可是，西歐其他各國都和西德一樣，仍想依靠美國的軍事承擔，以求東西勢力的平衡。日本經濟力量的膨脹，加上這一次田中和毛共的勾結，已使世人懷疑日本在太平洋有新野心。它會不會由經濟強權，變成可能具有核子武器的軍事強權。這是受過日本侵略的中國人和其他亞洲人所深惡痛絕，而也最不放心的。但是在可預見的將來，日本仍然不能離開美國而一意孤行；因爲，它和美國有安保條約的限制，復靠它核子傘的保護，又有經濟上和商業上的聯繫。

美國已對蘇俄及毛共犯了養癰貽禍的錯誤。它又於過去二十多年，扶植了今日已成勁敵的西德和日本；說不定，它們還會有一天再成兵戎相見的敵國。天道旣不可測，未來之事亦難預知。無論如何，美國已成爲由盛而衰的超級強權。今日它正在十字街頭徘徊，如仍不能很明智的力自振拔，改絃更張，那麼，它的前途和世界的前途，恐怕都會有不堪設想的一天。

（一九七二、十、三、紐約）

葡萄牙的悲劇

平日不大在報紙上看見的那個歐洲西南角小國葡萄牙，這一年多却常在報紙上佔有封面新聞的地位。尤其是最近這三四個月，幾乎每隔幾天，便有示威、衝突、毆鬪、流血和共產黨迫害人民的里斯本消息。而且，從那些消息的字裏行間，我們還可以看出國內左右派別的咬牙切齒、誓不兩立；和國外東西力量的明爭暗鬪，各不相下。

到我屬筆時爲止，親共內閣雖已改組，赤化總理龔薩維也已垮臺。但是，前途還是一片紊亂。誰都不敢斷定葡國的政權，會不會有一天輪到上次普選得票最多的社會黨。誰也不敢說那被大多數民衆所唾棄的共產黨、會不會更不擇手段的去把葡國變成蘇俄的西歐衞星國。蘇俄現已明目張膽的資助葡共，並且公開聲明它和葡共站在一條戰線；那末，西歐各國和領導民主集團的美國，還是支援或竟忍心放棄那個爲獨立自由而奮鬪的葡國呢？

葡國的右派政權被推翻了一年多，它就陷入繼續不斷的，也是變幻莫測的混亂。只有一點大概是成了定局的。那便是它的殖民地分離了，它的大帝國崩潰了。它本身無論是何黨得了最後勝利，那個新組成的政府，一定面對一個外則東西集團對抗，內則黨爭擾攘不寧，永無休止的局勢。過去四十多年，由沙拉扎和他的繼承人一手所把持的右派政權，雖被人斥爲獨裁、反動、不民主、不進步，但今後人民想要再過那種太平安定的日子，恐怕也不可復得了。

我所說的大帝國，不是指葡萄牙本身，而是它那包括海外各處殖民地的一個帝國。它本土不過三萬五千方哩，人口不過九百多萬人，在歐洲也只算很小的國家；可是，它在非亞二洲所擁有的殖民地，却比本土大了二十二倍。它的殖民地有小的如彈丸之地的澳門，有大的超過葡國好多倍的莫三鼻給和安哥拉等地區。莫三鼻給雖在一陣暴亂之後，暫時安定下來；但已被馬克斯主義的政黨所控制。好像當權的人不是親蘇而是傾向毛共的。唯有安哥拉還未到正式獨立的日期（本年十一月十一日），就已鬧得天翻地覆，不可收拾。

安哥拉的土著黑人，已經分成了三個積不相容的派別，雖然都帶左傾的色彩，但是各有各的政治主張，再加上國際共產黨的煽惑，現在就已烽火遍地、仇殺不停。將來葡軍全撤以後，那便是一個長期內戰的悲慘局面。葡人在非洲已有幾百年的殖民歷史，可是，他們除了政治控制及經濟搾取外，並沒有建立深厚的基礎。一旦祖國放棄殖民地政策，他們便手足失措，不知如何自處。

平心而論：葡人雖爲西方殖民主義的先鋒，哥倫布發現美洲不久，亞非美三洲便有他們的行踪；但與英、法、荷、比等國一比，他們還是比較不太講霸道和不太有種族優越感的。卽以安哥拉來說：這次幾十萬葡人離安回葡，並不是怕黑人對白人仇視，而是怕黑人互相殺伐，殃及池魚。而且，他們所做的工作和所經營的事業，一旦失去祖國的保障，他們都有坐以待斃的危險。這幾月，安哥拉葡人逃亡的數目之衆多，情況之狼狽，已使一九六〇年剛果比利時人的逃亡，相形見絀。那時比人退出剛果的不過九萬人。現則葡人已離安境的就有二十多萬，還有二三十萬正在等候祖國及其友邦的接運。有的迫不及待，早已徒步走入南非聯邦所管轄的西非地區，顚沛流離，死亡載道。幾百年來的殖民主義者，絕對想不到他們的子孫會落得這樣可怕的下場。

葡國在亞太地區的殖民地，除了澳門環境特殊，尚能苟延殘喘外，那個和澳洲及印尼都有密切關係的帝汶，便因內部兩派鬪爭而釀成流亡慘劇。這個僅佔全島一半的葡屬，因那六十萬人口當中尙有相當數目的華僑；我們對它也同對澳門一樣的關切。這小島人口雖少，出產也不多，但因地處衝要，具有戰略價值。無論蘇俄或毛共插足其間，都可對澳洲、印尼、紐西蘭、菲律賓及馬來西亞發生很嚴重的影響。

我們從葡萄牙本土到它在海外的廣大殖民地，無處不看見國際共產黨的魔影。不管是蘇俄也好，毛共也好，他們都是一丘之貉的赤色強盜，都是要在世界上任何地方推進他們的侵略企圖的。這一年多的葡國變亂，範圍那麼廣濶，牽涉那麼衆多，關係那麼複雜，就是沒有共黨這個因素，已夠使人頭痛。現再加上他們的宣傳、煽動、挑撥離間，更是火上加油，一發不可收拾。

他們對那班叛亂份子，無論是當地的共產黨徒，或有野心的軍人政客，不是以軍火接濟，就是用金錢收買。在這樣雙管齊下的進攻中，葡國的殖民地固已分崩離析，破碎不堪；葡國的本土，也是險象叢生，朝不保夕，只要國內的反共力量一敉平，它便變成地中海西端的蘇俄衞星國了。

那些殖民地的所謂被「解放」的人民，本來是在開發中的落後民族。他們在赤色宣傳的痲醉下，滿以爲他們一解脫帝國主義和殖民主義的桎梏，就可以享受獨立和自由；萬想不到他們今日所得到的是遍地混亂和流血的局面，將來還要關進比帝國主義及殖民主義更黑暗、更殘酷的鐵幕。這已經是很悲慘的現象了。

如果說到從殖民地逃出來的葡裔人民，他們的命運也和被「解放」的人民差不了多少。他們若能排除萬難，僥倖回到本土，那末，他們就要看見自己的祖國在赤色氣氛籠罩下，已經不成爲一個有組織、有法紀的國家。還有許多生長海外的第二三代裔民，過去聽見父兄侈言祖國的光榮，現在回來只看見祖國的破裂和紊亂。而且，大家回來了，既無家可歸，又無工可作，還立刻面對着一個沒有希望的將來。

這對唯恐天下不亂的國際共產黨而言，正是赤化葡萄牙，也使世界革命又進一步的最好機會。蘇俄早有囊括西歐的野心，現在更中下懷；因爲它既把葡國的殖民地毀滅了，第二步就要集中力量，不但要毀滅葡國本土的政治制度，而且要把葡國變成蘇俄的西歐附庸。你以爲這是蘇俄的如意算盤麼？事實上，它已有計劃的做了工作的一半，只等葡共和同路人去完成工作的全部。

葡萄牙國土雖小，國力雖弱，但它在歐洲地緣政治上及軍事意義上，都佔有極重要的位置。牽一髮而動全身；葡國一有任何政治或軍事的變動，便可震撼全歐，尤其是它和西班牙所共同據有的伊比利亞半島。這個半島扼守着那個由地中海通入大西洋的直布羅陀海峽。葡國的西岸就在北大西洋，也是南北海上交通的通道。這個通道控制着西歐及北歐，和南美、西非及印度洋的航線。波斯灣的石油如不經地中海運至南歐，就是經地中海或南大西洋，沿着這條航線運至西歐及北歐。

葡國是北約組織的一員要角，也是北約組織在地中海西端的咽喉。這幾年，北約組織已因塞浦路斯事變和希臘與土耳其的交惡，而幾乎喪失了地中海東端的防務。如果葡國爲親共勢力所盤據，或被國際共產黨所奪取，再加上法國對北約的不即不離，和義國自身的政治不安定，那末北約組織在地中海的防務，可以說是藩籬盡拆，門戶洞開；即令仍有美國在地中海的第六艦隊，和在阿速爾羣島的軍事基地，恐怕也很難挽回北約組織的刼運。

正是因爲這個緣故，蘇俄也認爲葡國這一年多的動亂，給予它一個千載一時的機會，使它既破壞了北約組織的團結及效能，又增強了它在地中海及北大西洋的戰略地位。本來，蘇俄駐在里斯本的大使館，就是它的間諜中心。它從一九六八便以全力滲透葡國的武裝部隊，尤其是從殖民地撤回的靑年軍人。它又極力支援葡共頭子肯哈爾。聽說它用在葡國的經費早已超過美金千萬。它是決不吝惜這個具有深遠影響的投資的。

那個首先策動政變的軍人行動會，就是這批爲數二百四十的軍人所組成。他們因怕它還不夠左傾，所以又產生一個三十人的最高革命委員會，復推定龔薩維爲實際負責的總理，戈梅爾爲總統，賈瓦和爲保安司令。表面上雖只龔氏最激烈，但戈賈二氏也都是絕對偏向葡共的。現在由於大多數民衆反共，又由於幾個擁有實力的軍事首長也反共，甚至不許下臺後的龔氏調任參謀總長；葡共和同路人至今還沒有奪得政權的全部。

這個相持不下的局面，可以繼續多久，一時自難預測。國際共產黨已在葡國舊殖民地爲所欲爲。蘇俄也對葡國本身，志在必得。他們在葡人反共怒潮下，可能和緩一下。但是，退一步，進兩步，他們一有新的機會，一定還要貫澈他們的奪權陰謀。

然而，這也是北約組織的生死關頭。它的成敗就是北大西洋兩岸西方國家的成敗。它們如對葡國放鬆一步，便等於把北約組織宣告死刑。國際共產黨如此咄咄逼人；那些喪失鬬志的北約國家，也覺得事態嚴重，存亡之鍵不可再失，也想重振昔日精神，暫作困獸之鬬。

那個新遭越戰挫折的美國，居然由福特和季辛吉先後公開譴責蘇俄干涉葡國內政，甚至說葡國問題如何解決，將爲東西「和解」的試金石。由於葡國爲天主敎國家，又和羅馬相隔咫尺，梵蒂岡不願葡國赤化，除了道義支持外，聽說還對身受葡共迫害的敎徒及其事業，予以經濟援助。

葡國社會黨在普選中得票最多，將來成立合法政府的可能也最大。因此，英、德及北歐諸國的當權社會黨，都對葡國社會黨同情，而對共產黨攻擊。

葡國的一切，反映國際共產黨的侵略一成不變，也證明和解是欺騙世人的宣傳。我們雖祝葡國反共成功，但對它那帝國主義的傾覆，幷不絲毫惋惜。我們深信赤色帝國主義必和西方帝國主義同歸消滅，民主自由一定會得最後的勝利。

（一九七五、九、五、紐約）

佛朗哥「朝代」的結束

一世之雄的「反共」將軍佛朗哥的勛業即將結束，他所建立的佛朗哥「朝代」，似乎也就這樣告一相當圓滿的結束。

可是，他過去的事功和未來的影響，並沒有因而消逝於一旦。相反的，隨着而來的西班牙政權的爭奪和整個歐洲局勢的震撼，必可反映出這個怪傑在歐洲歷史上及地緣政治上的重要性。

我們有「蓋棺論定」的成語。現在佛朗哥的「棺」雖尙未蓋，但是世人對他的「論」，亦不能定。恐怕再過若干年，「蓋棺論定」這四字對他還是不能適用。在他纏綿病榻的時候，西班牙的共產黨和同路人個個詛咒他「速死」；就是其他國家的自由份子，也都期望他那「法西斯」的統治早一點被摧毀。唯有享受了三十多年太平生活的西國老百姓，幾乎一致認爲他的死亡必會帶來無窮的災害。我們只要聽聽他們向上蒼祈禱的哀聲、看看他們那種「如喪考妣」的悲戚，便知道這位掌握三十六年政權的獨裁者，並不是如左派所描繪的暴君。

凡厭惡佛朗哥的人，一提到他的名字，不是說他於二次大戰時勾結希特勒及墨索里尼，就是說他剝奪西國人民的基本自由。這兩點都是不容申辯的事實。可是，當他一九三六舉兵反抗當時所謂共和政府的時候，他的敵人實在是僞裝民主的國際共產黨。他是西方世界第一個發現共黨陰謀，而又能從共黨手中把政權奪回來的成功者。

你如果說他勾結希、墨是罪惡；那末他能利用德義的支援而挽救了祖國的危亡，又沒有犧牲自己立場去參加希墨的軸心；若比一比羅斯福、邱吉爾聯蘇抗德而致鑄成東歐全部赤化的大錯；恐怕他還較羅、邱二人更有遠見、也更有計謀。他在漫長的歐戰期間，始終維持西班牙的「不介入」；他也因而保全了歐洲西南半壁江山的完整；究竟是功是罪，歷史應該有公正的批判。

當然，他這三十六年來的政權是不民主的。他爲要鎭壓國內的反動力量，也爲要對抗澎湃歐洲的赤色狂潮，不但絕對不能倣傚英法式的民主政治，而且他還不得不施行毫不留情的鐵腕政策，才可以維護國家的安全，才可以貫徹他反共救國的初衷。他不學希特勒那麼裝腔作勢，也不如墨索里尼那麼矯揉造作；他「我行我素」的秉着宗教家的虔誠，去實行他的專制獨裁。

從西班牙內戰到現在，筆者不斷的研討西國政局演變和它與整個歐洲的關係；又於過去十餘年兩遊西京馬德里及其附近各城市。我只覺得佛朗哥的專制獨裁，若與蘇俄或毛共那一類的極權政府相比，眞可以說是「小巫見大巫」。我在那裏隨意的旅遊，沒有絲毫精神不自由或行動受限制的感覺，而且我發現當地老百姓熙來攘往，安居樂業，一面覺得自己比其他歐洲人幸運，一面又敢公開評論政治的得失。除在內戰時左右雙方都有殘暴行爲外，西國從來沒有希特勒式的屠殺，也沒有史達林式的集中營和秘密警察。一個人只要不作奸犯科，或企圖推翻政府，他是有法律保障而無任何恐懼的。

無論你是左、是右，或站在中間，你不能否認佛氏是反共最澈底、也最成功的人。國際共產黨對他集中攻擊四十年，已把他造成專制獨裁的魔王型；正好像他們誹謗李承晚、吳廷琰和二十年前美國參議員麥卡錫一樣。事實上，他是一位剛毅、勇敢，不和任何惡勢力妥協的愛國者。當他這次病入膏肓，仍在和死神搏鬪的時候，連一個左傾份子都說：「我找不出比他更堅強的人」。

他不是一意孤行的死硬派。他理政、他治軍，都表現他有卓越的才能。他把生產落後的西班牙，導入工業化的途徑，造成經濟復興的奇蹟；單以國民每年平均收入而言，即由一九六〇年代的三百美元，增至現有的二千美元。他的外交政策也是很有成就的。由於他過去和希墨二人的關係，又由於國際共產黨的毒辣宣傳，他在國際上一向很孤立，西國至今仍被北約組織和共同市場所排斥。

然而，他於一九五三就和美國訂定了可讓美軍在西境建立基地的條約；也便是這樣和北約組織發生了間接的軍事聯繫。他歡迎艾森豪總統訪問西京，又因得美國援引而於一九五五加入聯合國。一九六〇以後，他居然和蘇俄及其他共產國家也建立了外交關係。就在最近風雨飄搖的時候，他不但得到福特總統的報聘，而且還能和美國續訂二國軍事合作的協定。

他對西班牙未來形態的構想，是要建立一個現代化的君主立憲政體。他爲西國製定了一套憲法，又遴選了卡洛斯親王做他的繼承人，也就是西班牙的新君王。他不許卡洛斯的父親覬覦王位，所以十多年前，他就開始培植那位相貌英俊，復肯對他表示「服從」的青年王子，讓他接受各種軍事訓練，及有關政治、哲學、經濟、財政的大學課程。我們可以看出他的苦心孤詣和公忠體國。

可是時代的巨輪是向前不斷推進的。他所設計的藍圖，是否和時代配合，而能一一照着他的理想實現，自然還是一個未知數。卡洛斯過去對佛朗哥小心翼翼，不肯輕易表示意見。去年他因佛氏患病而代行政務；但佛氏痊癒，立將政權收回。有人說他是趨向民主而贊成革新的。佛氏死後，他會不會蕭規曹隨，一仍舊貫？同時，葡萄牙左派的囂張，早已引起西國社會的不安。卡洛斯有沒有應付變局的能力？這些都不是現在可以逆料的。佛氏近年所信任的總理，最幹練的一位，已於前年被刺身死；現在的一位，大家都要問他能否繼承佛氏衣缽，控制全局，輔助卡洛斯開創一個開明進步的新局面。

以佛朗哥爲中心的「國家運動」，是從右翼長鎗會脫胎而出的執政黨。它是極保守、極頑固、既不肯和其他黨派合作，又不願意變更現狀的。它如不知改弦更張，還想和過去一樣的箝制輿論，或用軍警的力量去消除反對黨；那末，它不但一定遭遇失敗，而且國家亦必治絲而愈棼。

佛氏是以武力取得政權的；軍人自然是西國政治的重要因素。但他們也有老幼之別。老者憧憬於過去的光榮，不願聽任何革新的論調。幼者則好談革新，還覺得佛氏不應利用他們去壓迫民衆，尤其反對佛氏動輒以武力去對付那班提倡分離運動的巴斯基人及卡坦拉人。將來新政權告成，這些青年軍人一定會更抬頭，更有影響力。

過去擁護佛氏最力的教會，近年亦有人不滿意佛氏作風而對他發生反感。最近佛氏因警察多人被謀害，不顧教廷及各方面的勸阻，竟將五名巴斯基暴徒處決，乃致引起若干國家的「反西」罷工。十五國駐西大使都從馬德里撤退。這當然影響西國的民心士氣。佛氏也不示弱，居然以八二高齡的病夫，親自召開二十萬羣衆的「反示威」大會。他始終相信三千五百萬人民都是擁護他個人的。

可是，他儘管秉性堅強，却敵不過自己的年齡和對他一再襲擊的病魔，他終將告別祖國而撒手塵寰。卡洛斯的嗣位、新政權的建立，大家都希望能經和平的程序，達成民主的目標。各黨派早在佛氏病篤以前，即已躍躍欲試的要把他的「朝代」推翻，要建立一個民主自由的新秩序。然而，民主自由這個號召，各有不同的解釋。在那許多黨派中，聲勢洶洶、咄咄逼人的，莫過於共產黨和社會黨。

這兩個左傾的大黨，已在進行聯合陣線的組織，並已半公開的發表要求政治民主的共同宣言。那個擁有一萬二千黨員，又得工會支持的共產黨，並且反對帝制復辟，不許卡洛斯繼任國王。社會黨雖然和緩一點，但它的構成份子，都是文教界及自由職業者，顯然不是共產黨的敵手。它的未來命運恐怕會和葡國社會黨差不多。

西葡兩國所共據有的伊伯利亞半島，實爲歐洲西南端一個極關重要的地區。它緊握直布羅陀海峽，成爲地中海進入大西洋的孔道。北約組織一向恃它爲西歐的屏障。它如不幸被國際共產黨所奪取，那末，西歐便已無險可守，也可說是無仗可打。蘇俄不必舉戈西進，德、法、義、比等國就會在被包圍中投降。

這一年多的葡國政變，弄得全國雞犬不寧，至今尚無澄清之望。蘇俄大力支援的葡共，目前雖受挫折，但必繼續煽動暴亂，再接再厲。近在咫尺的西國如無佛氏聲威的鎮壓，早已步葡後塵，陷入紛擾、徬徨的窘境。現在佛氏那個偶像一傾覆，無論繼起者有無應變的能力，國際共產黨必不肯放過這個千載一時的報仇機會。這也可使他們達到奪取伊伯利亞半島的目的。

西國經過佛朗哥三十六年的鐵腕統治，當然不至如葡國內部那麼脆弱。西共好像也沒有甚麼穩固的基礎。可是，毫無行政經驗的卡洛斯和現任總理艾瑞亞斯，都沒有受過實際政治的嚴厲考驗。正在這個危急存亡之秋，又有摩洛哥國王率領卅萬摩人進軍西屬撒哈拉的舉動。洛、艾二氏能夠應付這個可能影響全局非常事變嗎？

國際共產黨雖想囫圇吞棗一樣的，把西葡二國一口吃下去；但在現階段下，它還不能在那伊伯利亞半島爲所欲爲。它在葡國便已遭到很大的阻礙。西國對它更是困難重重。加以西歐各國的社會黨，也不肯坐視共產黨奪取西國的政權。他們必以全力支援西國的社會黨，去和共產黨對抗。事實上，西德的社會民主黨、瑞典的社會黨和英國的工黨，就已和西國社會黨有密切的接觸；最近且秘密的或公開的信使往返，不絕於途，已有極確實的聯繫。

葡國的四分五裂，已足使人憂慮。西國如因失去佛朗哥而分崩離析；伊伯利亞半島就不會有安寧的日子。我們在任何環境下，不能讓歐洲失去西葡二國而致全部淪亡。上蒼亦決不會容許赤寇繼續這樣橫行無忌的。

（一九七五、十一、三、紐約）

滄海叢刊已刊行書目（一）

書名	作者	類別
還鄉夢的幻滅	賴景瑚	文學
葫蘆・再見	鄭明娳	文學
大地之歌	大地詩社	文學
青春	葉蟬貞	文學
比較文學的墾拓在臺灣	古添洪 陳慧樺	文學
從比較神話到文學	古添洪 陳慧樺	文學
牧場的情思	張媛媛	文學
萍踪憶語	賴景瑚	文學
陶淵明評論	李辰冬	中國文學
文學新論	李辰冬	中國文學
離騷九歌九章淺釋	繆天華	中國文學
纍廬聲氣集	姜超嶽	中國文學
苕華詞與人間詞話述評	王宗樂	中國文學
杜甫作品繫年	李辰冬	中國文學
元曲六大家	應裕康 王忠林	中國文學
林下生涯	姜超嶽	中國文學
詩經研讀指導	裴普賢	中國文學
孔學漫談	余家菊	中國哲學
中庸誠的哲學	吳怡	中國哲學
哲學演講錄	吳怡	中國哲學
墨家的哲學方法	鍾友聯	中國哲學

滄海叢刊已刊行書目（二）

書　　名	作　者	類　　別
中國學術思想史論叢(一)(二)	錢　穆	國　學
中國歷史精神	錢　穆	史　學
浮士德研究	李辰冬譯	西洋文學
蘇忍尼辛選集	劉安雲譯	西洋文學
希臘哲學趣談	鄔昆如	西洋哲學
中世哲學趣談	鄔昆如	西洋哲學
近代哲學趣談	鄔昆如	西洋哲學
現代哲學趣談	鄔昆如	西洋哲學
音樂人生	黃友棣	音　樂
音樂與我	趙　琴	音　樂
爐邊閒話	李抱忱	音　樂
琴臺碎語	黃友棣	音　樂
不疑不懼	王洪鈞	教　育
文化與教育	錢　穆	教　育
印度文化十八篇	糜文開	社　會
清代科學	劉兆璸	社　會
世界局勢與中國文化	錢　穆	社　會
中國文字學	潘重規	語　言
戲劇發展歷史概說	趙如琳	戲　劇
佛學研究	周中一	佛　學
現代工藝概論	張長傑	雕　刻